어린 왕자로부터 온 편지

초판 1쇄 발행 | 2019년 11월 7일

지은이 이정서
발행인 이대식

편집 김화영 나은심 손성원 김자윤
마케팅 배성진 박상준 **관리** 홍필례
디자인 모리스

주소 서울시 종로구 평창길 329(우편번호 03003)
문의전화 02-394-1037(편집) 02-394-1047(마케팅)
팩스 02-394-1029
홈페이지 www.saeumbook.co.kr
전자우편 saeum98@hanmail.net
블로그 blog.naver.com/saeumpub
페이스북 facebook.com/saeumbooks
인스타그램 instagram.com/saeumbooks

발행처 (주)새움출판사
출판등록 1998년 8월 28일(제10-1633호)

ⓒ이정서, 2019
ISBN 979-11-89271-98-5 03810

어린 왕자로부터 온 편지

이정서 장편소설

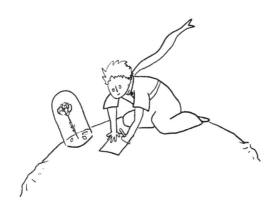

새움

차례

✧

　모든 어른들도 처음에는 아이였습니다. 너무나 당연한 말이지만 우리는 나이가 들면서 이 같은 사실을 잊고 살아갑니다. 똑같은 현상이 왜 어른과 아이의 눈에는 다르게 비치는 것일까요? '어린 왕자'의 정신은 그 비밀을 알려주려는 데 있을 것입니다.

　더불어, 번역은 작가의 본심을 읽으려는 몸부림입니다. 위대한 타인의 정신을 읽는 일입니다. 수백, 수천 번을 고쳐본다 한들 그 마음을 그대로 옮겼다 확신하기는 어려울 것입니다. 그럼에도 순간순간 그것을 해냈다는 확신과 대면하는 행위, 그것이 번역일 터입니다.

　그런 이야기를 하고 싶었습니다.

2019. 10. 26.

이정서

4.17.

그리고 이제, 6년이 흘렀다…. 나는 아직까지 이 이야기를 결코 해본 적이 없다. 나를 다시 만난 동료들은 내가 살아서 돌아온 것에 대해 아주 기뻐했다. 나는 슬펐지만, 그들에게 말했다. "지쳐서 그래……."

이제 나는 거의 슬픔을 가라앉혔다. 다시 말해… 완전히는 아니라는 이야기다. 그러나 나는 그가 그의 별로 돌아갔다는 것을 안다. 새벽에 그의 몸을 발견할 수 없었기 때문이다. 그렇게 무거운 몸이 아니었던 것이다. 그리고 나는 밤에 별들의 소리를 듣는 것을 사랑한다. 그것은 오억 개의 방울과 같았다.

그러나 그때 특별한 어떤 일이 발생했다. 어린 왕자를 위해 그려 준 부리망에, 가죽끈을 달아 주는 걸 잊었던 것이다! 그는 결코 그 양에게 끈을 매 줄 수는 없었을 것이다.

그래서 나는 스스로에게 묻는다. '그의 별에 무슨 일이 일어난 것은 아닐까? 어쩌면 양이 꽃을 먹어 버린 것은 아닐까……'

가끔 나는 내게 말한다. '당연히 아닐 거야! 어린 왕자는 밤마다 꽃을 유리구 아래 넣어 두니까. 그리고 그는 양을 잘 지켜보니까……' 그러면 나는 행복하다. 또한 모든 별들이 조용히 웃는다.

가끔 나는 혼자 생각한다. '누구나 한두 번은 방심할 수 있고, 그것으로 충분하다! 그가 어느 날 밤에 유리구 덮는 걸 잊어버렸고, 또는 그 양이 밤중에 어떤 소리도 내지 않고 나갔다면……' 그때는 방울들이 눈물로 바뀌는 것이다.

이것은 거대한 비밀이다. 나처럼 어린 왕자를 사랑하는 여러분들에게는, 우리가 알지 못하는 어딘가에서, 우리가 알지 못하는 양이, 장미꽃을 먹었는지 아닌지에 따라 온 우주가 달라지는 것이기 때문이다.

하늘을 보라. 자신에게 물어보라. '양이 그 꽃을 먹었을까, 안 먹었을까?' 모든 것들이 어떻게 바뀌는지 보게 될 것이다…….

그런데 이것이 그렇게 중요하다는 것을 이해하는 어른은 결코 없을 것이다!

늦은 점심을 먹고 들어와 막 책상에 앉는데, 편집부 소담 씨가 네이트온으로 보내온 원고였다. 『어린 왕자』일부인가? 하는 생각을 하며 네이트온 창에 대고 소담 씨에게 물었다.

「뭐죠?」

「회사 메일로 온 건데요.」

「메일?」

「포워드 해드릴까요?」

「아니, 이게 뭔데요…?」

「대표님께 보내온 거 같은데요?」

「무슨 소리죠?」

「아… 혹시 대표님이 번역을 의뢰하셨나 해서… ^^;」

번역? 그 말을 듣고 보니 이해가 되었다. 그렇다면 그럴 수도 있었다. 누군가에게 내가 『어린 왕자』번역을 의뢰하기 선에 한 꼭지를 번역해 보내달라고 했다면. 다른 번역서의 경우 그런 예는 여러 번 있어왔으니…….

「이해했어요^^ 근데 나는 아니고… 편집장에게 물어보시죠?」

「네, 사실은 편집장님이 대표님께서 그러신 것 같다고 해서…」

그랬구나. 소담 씨는 앞선 담당자가 퇴사하고 비어 있던 그 자리에 새로 입사한 외서 담당 편집자였다. 편집장은 편집장 대로 이전처럼 내가 진행한 번역 원고라 믿고 그녀에게 넘긴 모양이었다.

「그렇군요. 아니, 나도 그런 일 없어요. 메일에 다른 말은 없구요?」

「네, 그게 전부입니다^^;」

「ㅇㅋ」

나는 다시 『어린 왕자』로 여겨지는 네이트온 창의 글을 읽었다.

『어린 왕자』를 읽은 지가 워낙 오래돼서 기억이 가물가물했다. 그런데, 사정이야 어찌 되었건 정말 좋은 내용이었다. 내용도 내용이려니와 누군가 번역을 해보겠다고 보내온 것이라면 충분히 그럴 만큼 솜씨가 녹록지 않아 보였다. 그러나 『어린 왕자』는 이미 시장에 나와 있는 번역서만 해도 수백 종이 넘는다. 여기에 또 다른 번역이 무슨 의미가 있을 텐가…….

그런데 아무리 그렇더라도 이 사람은 왜 그런 사정을 적지 않고 원고만 달랑 보낸 걸까? 다시 생각해보니, 아마 이분은 그런 점까지 고려해, 다른 어떤 말보다 우선 번역한 원고 한 꼭지로 편견 없이 자신의 능력을 평가해주길 바라셨을 수도 있겠다. 그럴 만큼 원고는 그 자체만으로 매력적이었다. 그렇다면 이것은 단지 우리 출판사에만 보낸 게 아닐 터였다. 아마 관심 있는 출판사의 연락을 기다리면서 여러 곳에 투고한 것일 수도.

그러고 보면 이런저런 경로로 하루에도 몇 편씩의 원고가 투고되는 마당이니, 이 역시 특별한 일이 아닐 수 있었다. 어찌 되었건 글은 분명 울림이 있었다. 마지막 문장이 인상 깊었다.

그런데 이것이 그렇게 중요하다는 것을 이해하는 어른은 결코 없을 것이다!

'어른'은 결코 이해할 수 없을 거라고? 그런데 『어린 왕자』에 이런 말이 있었던가? 그조차 가물가물했다.

아무튼 지금 내게는 다른 더 중요한 일이 많았기에 더 이상 묻지 않고 그냥 네이트온 창을 닫았다.

막 퇴근하려는데 소담 씨가 메시지를 보내왔다.

「대표님? 『어린 왕자』가 미국에서 영어로 먼저 출판된 책이라는 걸 알고 계시나요?」

그런가? 나는 잘 몰랐기에 네이트온 창에 적어 넣었다.

「그런가요? 나는 잘 몰랐네요^^; 그럼 생텍쥐페리가 영어로도 썼다는 이야긴가요?」

「아니요. 저도 찾아봤는데 그건 아니고, 당시 미국의 캐서린 우즈라는 편집자가 번역을 한 거랍니다.」

「그럼 생텍쥐페리가 영어도 불어만큼 잘했던 모양이죠?…」

「그건 아니었답니다. 작가 본인이 영어를 전혀 못 했다고 밝힌 글도 있었습니다.」

「오호, 재밌네요.」

나는 네이트온으로 답을 하면서도 지금 왜 이 시간에 이런 이상한 대화를 나누고 있게 된 거지, 하는 생각을 했다.

「그런데 왜 갑자기…?」

'어린 왕자죠?'라는 말은 생략했다.

「아, 저번에 그분이 다시 메일로 물어오셨어요. 대표님에게 전달해달라고 했는데, 그럴 필요까지 없을 것 같아서, 제가 우선 찾아보았습니다^^;」

「저번에 그분이라면…?」

「엊그제『어린 왕자』한 꼭지를 번역해 보내주신 분이요.」

그제서야 이해했다. 그런데 그분이 왜? 하고 생각하는데 소담 씨의 메시지가 다시 떴다.

「아마 따로 연락을 안 드리니까, 보내오신 듯해요.」

「ㅎㅎ 재미있는 사람이네요.」

「어떻게 할까요? 그냥 제가 답변 드릴까요?」

「네, 그렇게 하세요. 나 약속 있어서 먼저 나갈게요. 수고!」

「네~ 내일 뵙겠습니다^^」

누구지? 조금 궁금해하면서도 역시 컴퓨터를 끄고 퇴근 준비를 서둘렀다.

『어린 왕자』가 영어책으로 먼저 출판되었다고? 그것도 번역서로? 나만 모르고 있었던 걸까?

번역은 출발어를 도착어로 바꾸는 일이었다. 아무리 잘된 번역이라 해도 원래 원고와는 차이가 날 수밖에 없다. 기본적으로 언어적 차이가 있기 때문이다.

편집자와 작가가 같이 의논해서 썼다는 것인가? 그렇더라도 같을 수는 없는 건데…….

4.21.

충정로에 회사가 있는 친구와 광화문 교보문고에서 만날 약속을 했다. 얼마 전 출간한 신간 소설이 베스트셀러가 되어 자랑도 할 겸, 한 권 사서 선물해줄 요량으로 매대로 갔다. 그런데 아무리 둘러봐도 책이 보이지 않았다. 그럴 리가 없을 텐데 하는 생각으로 유심히 살피자, 찾고 있던 『문자전쟁』 책 위에 다른 책 두 권이 올려져 있었다. 나는 그 책들을 걷어 내 밑의 책꽂이로 옮겨 두었다. 보고 있던 친구가 말했다. "거기 가려서 안 보였군."

이번엔 소설 베스트셀러 매대로 갔다. 역시 보이지 않았다. 한참을 찾았다. 역시 다른 소설 두 권이 찾고 있던 책을 덮고 있었다. 그 책을 치워버리고 선물하려던 책 한 권을 집어 들었다. 짐작되는 바가 있었다. 친구도 눈치를 챘는지 아무 말도 하지 않았다.

나는 내친김에 세계문학 스테디셀러 코너로 갔다. 혹시나 했는데, 역시 내가 찾는 『이방인』은 보이지 않았다. 나는 말없이 앞의 절차를 되풀이했다. 여지없이 다른 책이 그 위에 놓여 있었다. 너무 화가 났다. 마침 몇 걸음 옆에 교보문고 직원이 한 명 보여서 불러서 말했다. "아무 관련 없는 책이 이렇게 책을 덮어버리고 있으니 찾을 수가 없잖아요. 이런 걸 이렇게 방치해도 되는 거예요!" 말은 그렇게 하면서도 나는 그 직원이 나를 이상하게 보면 어쩌나 싶었던 게 사실이다. 그게 그의 잘 못일 수는 없을 테니. '누군가 다른 책을 보다 우연히 두고 갈 수도 있지, 뭘 그걸 가지고 그러냐'라고 되레 핀잔을 줄 수도 있을 것이었기 때문이다. 그런데 그의 반응이 나를 더욱 참담 하게 했다. "관리를 한다고 하는데, 저희들 손이 워낙 부족해 서…" 그는 진심으로 미안해했다. 그렇다면 이건 그냥 어느 특 정한 책에만 벌어지는 일이 아니라는 뜻도 될 테다.

나는 미안하기도 하고 민망하기도 해서 계산을 하고 서점 을 나오면서까지 아무 말도 할 수 없었다. 건네주는 책을 받으 면서 친구가 말했다.

"출판계가 살벌하네."

4.22.

어제의 불쾌한 기억이 아직 남아 있는 중이었는데, 새벽에 네이버에 들어갔다가 절망했다.

서점 매대에서 다른 책에 가려져 보이지 않던 『문자전쟁』

리뷰에 달린 댓글 때문이었다.

"아직도 이런 책이 나와서 팔린다는 것 자체가 창피한 국제 대망신 서적. 결과를 정해놓고 자잘한 것들을 짜깁기해서 주장. 국제적으로 창피합니다. 환단고기와 함께."

논리도 뭐도 없다. 저기에 또 왜 『환단고기』까지 나오나? 책은 읽지도 않고 그냥 제목만 두고 주워들은 몇 마디 말을 보태 리뷰라고 올린다. 목적은 단 하나, 별점을 주기 위해서다. 그가 준 별점은 하나도 아닌 반 개. 베스트셀러치고는 상대적으로 댓글이 많지 않은 이 작가의 책이기에 책의 전체 별점 평균은 어제 9점대에서 순식간에 6~7점대로 내려가 버린다.

사재기로 베스트셀러 순위를 왜곡시키는 악랄한 마케팅 방식이 법적 제재를 받자 이제 더 기승을 부리기 시작한 경쟁사 작품 깎아내리기로 여겨졌다.

그간 경험으로 볼 때, 정말 순수한 독자들에 의해 많이 팔리는 책들은 결코 처음부터 독자 리뷰 수십 개가 달릴 수 없다. 적어도 보름 이상은 되어야 서서히 리뷰가 달리는 것이다. 그러나 어느 '베스트셀러'는 출간 2~3일 만에 수십 개의 리뷰가 달린다. 어떤 것은 백몇십 개가 달리는 것도 보았다. 당연히 별점은 최소 4개. 모두가 읽지 않으면 큰일이 날 법한, 세상에

둘도 없는 내용이라는 게 2~3일 사이에 독자들 사이에 형성되었다는 이야기다. 세상에나… 그게 마케팅의 기본이 되어 있다. 주변의 거래처며 지인들도 새 책을 내면 우선 하는 말이, "직원들 시켜서 리뷰부터 달게 해요!" 그런다.

실제 현재 소설 판매 1, 2위를 다투고 있는 저 책도 출간 2주가 지난 현재까지 달린 댓글은 서점별로 두세 개에 불과하다. 이게 정상인 것이다.

4.24.

「대표님, 『어린 왕자』 속 헌사는 존댓말이었을까요? 반말이었을까요?」

다시 퇴근 무렵 소담 씨가 메시지를 보내왔다. 조금 생각해 보다 솔직히 말했다.

「ㅎㅎ 내용도 가물가물한데, 헌사가 생각나겠어요? 더군다나 그게 반말인지 존댓말인지가? 그런데 또 그 사람인가요?」

「네, 어떻게 해야 될까요?」

「글쎄요…… 그분은 왜 자꾸 그런 메일을 보내올까요?」

「아마 우리 출판사에서 낸 『이방인』 때문이 아닐까요?」

『이방인』이라고?

그랬다. 사실 나는 카뮈의 『이방인』을 번역해 내고 큰 곤욕을 치른 적이 있었다. 내가 보기엔 잘못된 번역인 거 같아서, 우리는 잘못된 『이방인』을 오래 읽어왔다며 잘못 번역한 부분을 일일이 지적하며 새로운 『이방인』을 출간했던 것인데, 그 반발이 상상할 수 없을 만큼 격렬했다. 몇십 년 아무 문제 없이 읽혀온 세계적인 고전인지라, 그걸 부정당하는 것이 참기 힘들어서였던 것일까? 그게 벌써 햇수로 5년 전이었다. 그런데 정말 그 때문일까?

「『어린 왕자』 번역서 출간 문의가 아니었나요?」

「그건 아니었던 모양이에요. 오늘은 좀 긴 메일을 보내오셨어요.」

「긴 메일이라구요?」

「전달할게요, 대표님.」

그 말과 함께, 이미 준비되어 있었기라도 한 듯, 누군가의 메일이 열린 채 떴다.

『어린 왕자』 속 헌사는 높임말까요? 낮춤말일까요?

『어린 왕자』 헌사는 작가인 생텍쥐페리가 어린이들에게 용서를

20

구하는 내용을 담고 있습니다. 그런 점에서 우리말로 번역될 때에는 높임말로 옮겨지는 게 적당할 것 같은데 우리 번역서들 대부분이 낮춤말로 되어 있습니다.

– 이 책을 어떤 어른에게 바치게 된 것을 어린이들이 용서해주었으면 한다. (M사,『어린왕자』)
– 나는 이 책을 어른에게 바친 데 대해 어린이들에게 용서를 빈다. (Y사,『어린왕자』)

과연 이게 맞는 번역인가요?
『이방인』을 새롭게 번역하신 이정서 씨 생각은 어떠실지 궁금해서 여쭙습니다.

세상에, 그러고 보니 이건 아예 나를 지목해 보낸 메일이었다. 이성서는 내 필명이었다. 나는 메일 주인의 아이디를 확인했다. ekfrnqjf. 아무 뜻도 읽을 수 없는 아이디였다. 아마 이 글을 쓰기 위해 따로 만든 메일 주소 같았다. 자기를 드러내지 않기 위해서? 소담 씨에게 글을 날렸다.

「재미있는 분이군요. 전혀 생각해본 적이 없는 건데… 내

『이방인』을 보고 보냈다니, 급 흥미가 당기긴 하네요ㅎㅎ」

「그렇죠? 저도 궁금해졌습니다, 대표님ㅎ」

「그런데 누구일까요? 메일 주소를 보니 특별히 신경 쓴 것 같진 않네요. 그냥 되는대로 만든 듯… 그쵸?」

소담 씨가 잠깐 침묵하는 듯했다. 다른 데서 걸려온 전화라도 받고 있는 모양이었다. 막 다른 일을 시작하려는데 다시 글이 떴다.

「그런가요?^^;」

「아무튼 그럼, 정말 그런지, 우선 책을 좀 사봅시다. 가장 유명한 번역서와 잘 팔리는 번역서, 그리고 불어 원서도 구입해보세요. 아, 영문판도.」

「네, 알겠습니다^^」

4.27.

1999년에 첫 책을 냈으니, 출판을 시작한 지 어느새 20년이다. 그에 앞서 출판사에서 근무한 연수까지 더하면 출판과 맺은 내 인생의 연은 훨씬 길어질 테다. 책과 관련해 정말 많은 일들이 있었고, 많은 책들과 연을 맺은 셈이다.

처음 출판을 시작할 때는 왜 사람들이 이 좋은 책을 못 알아봐줄까? 왜 서점들은 다만 저자와 출판사의 지명도에만 기대 진열을 하는 것일까? 원망하는 마음도 많았다. 대형출판사를 보면 부럽고 내용에 비해 과대 포장된 작가의 책이 서점마다 도배되다시피 진열되어 있는 것을 보면, 화가 나기도 하였다. 그렇게 시간이 흐르는 동안 어느새 우리 출판사도 다른 이들로부터 부러움을 살 만큼 진열이 잘되고 내용에 비해 과대하게 팔리는 책도 생기게 되었다. 당연하게 어느 책은 다른 출판사, 작가들 보기 민망할 만큼 과도하게 서점의 공간을 차지하는 경험을 하기도 하였다. 놀라운 변화인 것이다.

그런 점에서 소설 『문자전쟁』의 선전은 고마운 일이 아닐수 없다. 워낙 유명 작가의 책인 때문이기도 하지만, 책이 팔리니 서점들마다 진열을 좀더 신경을 써주어서 판매에 도움을 주고 있는 것이다.

그러고 보니 『이방인』을 출간하고 주변의 비난에 만신창이가 되었던 당시, 서점에 나갔을 때 아예 책이 진열도 안 되어있는 것을 보고 친구가 말했었다. "아니, 서점에 책이 깔려 있지도 않은데 어떻게 독자들이 제대로 된 번역인지 알고 책을 사보나? 너도 답답하다. 무슨 전략도 없이."

과연 그랬을까? 정말 나는 바보같이 '전략'도 없이 책을 내서 그 고생을 했던 걸까?

나는 번역서를 내면서 내 이름 대신 필명을 썼다. 물론 나를 드러내고 싶지 않았던 부분도 있었다. 같은 출판 일을 하면서 타 출판사의 번역서를 두고 왈가왈부하는 것도 불편한 일이었지만, 무엇보다 주된 이유는, 워낙 중요한 고전이다 보니 작가의 이름이나 권위, 학벌을 보기에 앞서, 선입관을 버리고 원래 문장을 보아주었으면 하는 의도에서였다.

그러나 정작 책이 나가자 전혀 예상치 못했던 이유로, 예상치 못했던 이들로부터 공격이 들어오기 시작했다.

한 출판평론가는 출판사 사장이 이름을 숨기고 책을 냈으니 '도덕적 해이'라는 것이었다. 과연 그런가? 왜 출판사 사장이 책을 내면서 얼굴을 가리면 '도덕적 해이'가 될까?

한 신문의 문화부 기자는 내가 영어판으로 번역을 했으니 '사기 번역'이라고도 했다. 나는 그런 말을 한 적이 없는데 불어를 정식으로 공부한 적이 없는 내가 번역서를 냈으니 그건 당연히 '영어 중역'일 거라고 생각한 모양이었다. 오히려 그때 나는 알았다. 그들이 엉터리라는 것을. 불어와 영어는 기본적으로 큰 차이가 있다. 그것이 영역본을 저본으로 했는지 아닌

지는 두 언어를 제대로 아는 사람이라면 금방 알 수가 있다. 그런 점에서 그런 말은 정말 번역을 모르는 사람이나 할 수 있는 말이었다. 따라서 직접 번역을 해볼 일이 없었던 일반 독자들에게는 그 말이 아무 의심 없이 받아들여졌을 테다. 아니 일반 독자들뿐만 아니라, 실제로 웬만한 외국어 실력을 갖춘 이나 학자들조차 우리의 번역서가 '일본어판 번역'을 중역한 것이 대부분이었다는 것을 알고 있으면서도 그때까지 그게 무슨 큰 차이가 있을까 여겼을 정도였다.

실제 카뮈의 『이방인』은 프랑스어가 가진 '존대어' 때문에라도 영어라는 언어와는 큰 차이가 있다. 불어의 원래 뉘앙스를 영어로는 절대로 표현할 수 없는 것이 있다는 것을 직접 번역을 해보면서야 깨달을 수 있었던 것이다. 그런데 그걸 다른 역자들은 왜 몰랐던 것일까? 아니 알면서 말하지 않았던 것일까? 그건 알 수 없는 일이다.

아무렇든 나는 번역을 하면서 지금까지 내가 모르고 있던 사실을, 또 세상 사람들이 말하지 않고 있던 사실들을 너무나 많이 접하게 되면서, 흥분한 상태였고, 따라서 어떤 전략을 생각할 여유도 이유도 없었던 것이다.

그런데 이제 생각해보면, 친구의 말마따나 그때 내게 '전략'

이라는 게 있었다면 독자들로부터나 서점 측으로부터 좀더 나은 대접을 받았을까? 아마 그렇지 않았을 것이다.

그때 나는 깨달은 게 있다.

어떠한 공격에 전략으로 맞서다 보면 다른 공격에서 그 전략이 발목을 잡을 수도 있다.

실제로 나는 그때 소위 전략이라는 것을 썼다가 회복할 수 없는 상처를 입기도 했다. 출간 후 한창 전쟁 중에 나는 당시 베스트셀러였던 『문자전쟁』 작가의 다른 책을 홍보하는 길에 같이 이벤트를 펼쳤고 그것이 누군가의 눈에는 상업적으로 보였던지, 그걸 나름의 의미로 짜깁기해서는, 출판사 사장이 자기 책을 팔기 위해 베스트셀러 작가를 이용한 증거라고 공격을 해왔다.

나는 이후 정말 그 책을 알리기 위해 어떤 전략도 펼친 바가 없다. 어떨 때는 무전략만큼 좋은 전략이 없는 것이다.

4.28.

출근하자 책상 위에 『어린 왕자』 책들이 올려져 있었다. 두 권의 번역서와 불어판과 영어판 『어린 왕자』였다.

나는 네이트온에 접속해 소담 씨에게 말했다.

「우선 볼게요. 차이를 구분할 능력이 될지 모르겠지만…^^;」

입력하자, 바로 답이 왔다.

「ㅎㅎ네.」

그러고는 긴 글이 하나 떴다.

독자들은 『어린 왕자』가 손 가까이에 있다면, 이 책의 제6장을 열어보시라. 어린 왕자는 슬플 때 해가 저무는 풍경을 바라보며 그걸 유일한 위안으로 삼는다는 이야기를 읽을 수 있을 것이다. 그 장의 끝 부분에서 어린 왕자가 '어느 날은 마흔네 번이나 해넘이를 보았다'고 말하는 내용의 문장을 만날 텐데, 어떤 책에는 '마흔네 번'이 아니라 '마흔세 번'이라고 적혀 있을 것이다. 앞으로 좀더 거슬러 와서 제4장을 펼치면, 터키의 어느 천문학자가 어린 왕자의 작은 별을 발견하게 된 과정이 서술되어 있다. 여기서 저자는 천문학자들의 관행에 대해 그들이 '작은 별을 하나 발견하면 이름 대신 번호를 붙여 주는데, 예를 들어 소행성 325라고 부른다'라고 쓴다. 그런데 어떤 책은 '소행성 3251'이라고 적고 있을 것이다.

기왕 책을 연 김에 한 대목을 더 찾아보자. 비행사가 어린 왕자를 만나 그의 요청에 따라 양을 그리는 장면이다. 비행사가 두 번째 양을 그렸을 때 어린 왕자는 "아이참… 이게 아니야, 이건 숫양이야, 뿔이 돋고…"라고 말한다. 그런데 어떤 번역본은 '숫양' 대신 '염소'라고 옮기고 있다.

간단하게 말한다면, '마흔네 번', '소행성 325', '숫양'이 맞고, '마흔세 번', '소행성 3251', '염소'는 틀리다. 맞건 틀리건 간에 이 차이가 『어린 왕자』의 이해에 큰 영향을 미치는 것도 아니고 독자의 기억에 남을 만한 또렷한 인상을 남기는 것도 아니지만, 왜 이런 일이 일어났는지는 궁금하다. 어느 언론사는 "유명 출판사들이 출간한 『어린 왕자』 번역본들이 상당수 일본어판을 번역한 중역"이며 "일본어판의 오류가 수정되지 않은 채 유지되고 있다"는 한 연구자의 말을 전하고 있다. 이 연구자는 특히 '염소'와 '마흔세 번'이 일본어판에서부터 시작되었음을 확인한 것이다. 그래서 그는 일본어판의 오류가 한국어판에서도 반복되고 있다고 주장하며, "이 고질적인 문제"를 "학문적 친일 사대주의"에까지 연결시키려 한다.

나는 이 기사 때문에 지인들로부터 몇 차례 전화를 받았다. 우리의 문제에 일본이 끼어들면 누구나 신경이 날카로워진다. 전화는 대체로 '한국의 번역자들이 『어린 왕자』 번역까지 아직도 일본어판에 의지해야 하느냐'는 한탄에서 시작해서 '일본어판에 전적으로 의지하지 않는다 해도 부분적으로 의지하는 것은 사실이 아니냐'는 단정적 혐의로 끝난다. 그러나 저 연구자의 주장이 사실에 근거한다고 믿기 어렵기에 해명해야 할 필요가 있다. 생텍쥐페리가 미국에 잠시 몸 붙이고 있던 1943년에 『어린 왕자』가 뉴욕의 레이날 앤드 히치콕 출판사에서 프랑스어와 영어로 처음 발간된 것은 널리 알려진 사실이다. 저자가 미국에서 작성한 두 개의 원고가 있다. 하나는 손으로 쓴 원고로 현재 뉴욕의 피어폰트 모건 라이브러리에 간직되어 있다. 또 하나는 타자기로 작성된 원고로 현재 프랑스 국립도서관이 소장하고 있다. 이 타자본 원고는 보존이 완전하고 생텍쥐페리가 직접 수정한 흔적을 담고 있다. 특히 이 원고는 저자가 미국 체류 시 유명한 피아노 연주자 나디아 불랑제르에게 직접 건네준 것이기에 그만큼 성가가 높다.

생텍쥐페리가 북아프리카에서 전사한 후, 1946년 프랑스의 갈리마르 출판사가 프랑스어로 발간한 『어린 왕자』는 타자본 원고를 상당히 신뢰했던 것 같다. '마흔세 번'은 갈리마르의 프랑스어판에서 비롯하는데, 이는 예의 타자본을 참조한 것이다. 갈리마르판은 또한 어떤 이유에선지 '소행성 325'를 '소행성

3251'로 적고 있다. 이 텍스트는 한국에 널리 보급되고 대학에서 교재로 자주 사용되었던 1979년의 '폴리오 주니어' 판에서도 바뀌지 않았으며, 그 후로도 20년 동안 책의 크기나 제본 형식이 다른 여러 판본에서 그대로 유지되었다.

갈리마르 출판사가 1999년 플레이아드 총서로 생텍쥐페리 전집을 낼 때, 그 편집자는 『어린 왕자』의 경우 '1946년판은 생텍쥐페리가 알지 못하는 판본이지만 1943년 뉴욕판은 그가 직접 참여한 판본'이라는 이유를 들어 '원본 복원'을 꾀하였다. 이 조치가 『어린 왕자』에 대한 갈리마르사의 판권 연장에도 도움을 준 것으로 알려졌다.

1960년에 『어린 왕자』를 처음 한국어로 발간한 안응렬 교수나 그 이후의 선구적 번역자들이 '소행성 3251'이나 '마흔세 번'을 쓰게 된 것은 일본어판에 의지해서가 아니라 원문에 충실했던 때문이었다. (안응렬 교수는 '소혹성'이란 용어를 쓰고 있는데, 1960년은 천문학 용어가 아직 정착되지 않아 행성 혹성이 함께 쓰이던 시대였다.) 1999년 이후의 번역자들이 수정된 원문을 확인하지 않은 것은 잘못이지만 그 오류에 일본어판을 결부시키기는 어렵다. 원문이 수정된 뒤에도, 그 이전에 『어린 왕자』를 만났던 번역자들은 옛날 책을 여전히 서가에 간직하고 있었던 것이다.

그렇더라도 '염소'와 '숫양'의 문제는 남는다. 거기에는 일본어와 한국어에 공통된 특징이 있다. 목축국가의 말이(언어가) 아닌 한국어에서는 숫양과 암양을 구별하기 위해 양에 '암'이나 '수'를 붙여 쓰지만, 프랑스어에는 양, 암양, 숫양에 해당하는 각기 독립된 단어 mouton, brebis, belier가 있다. 어린 왕자가 비행사에게 '양을 한 마리 그려 달라'라고 할 때, 그 양은 mouton이지만 그가 퇴짜를 놓은 것은 belier다. 두 낱말이 완전히 다르기에 이 서술이 가능하다. 그러나 한국어에서 '숫양'에는 그 낱말 자체에 '양'이 포함되어 있지 않는가. 양을 그려 달라고 했는데, 숫양을 그려준 것이 왜 잘못인가. 이 난점을 해결하기 위해 일본 번역자와 마찬가지로 한국 번역자들이 선택한 것이 '염소'였다. 한국의 번역자들이 일본의 번역자를 모방한 것이 아니라 같은 언어적 운명 앞에서 같은 선택을 한 것일 뿐이다. 한국어 번역자들이 '숫양'으로 감히 번역하기 시작한 것은 서양말에 대한 우리의 지식과 이해가 더 깊어진 이후의 일이다.

얼마 전에는 '우리가 읽은 것은 『이방인』이 아니었다' 같은 말을 대형서점에 걸어놓고 책을 팔려던 사람들도 있었다. 그러나 문제의 『이방인』 번역자는 그들보다 앞선 시대에 더 힘든 운명에 직면해 더 힘든 선택을 하고 있었다. 『어린 왕자』에서 여우가 전하는 "중요한 것은 눈에 보이지 않는다"는 말은 저마다 직면했던 운명과 그 선택을 깊은 자리까지 뜯어보아야 한다는 뜻도 된다.

_<'어린 왕자'의 번역에 대한 오해>, 황**, 경향신문 인용

이런 글도 있었나? 내가 『이방인』을 출간했을 당시 나를 비난했던 분들의 글은 셀 수 없이 많았다. 그걸 다 따라 읽을 수 없을 만큼. 실제로 이분도 나를 두고 한번은 '배은망덕하다'는 표현까지 썼었다. 일면식도 없는 나를 두고 말이다. 이후 나는 이분에 대해 그간 가졌던 좋은 감정을 모두 버렸고 이후 기사나 책들을 외면했던 것인데, 그때 이런 글도 썼던 모양이다. 이분은 왜 『어린 왕자』 이야길 하면서 굳이 내 『이방인』 이야기를 한 것일까? 역시 나를 의식한 때문이었을까?

어쨌든 이분 글을 이렇게 다시 대하니, 기분이 묘했다. 이제 다 잊고 있는 일이었기 때문이다. 이제는 이전 같은 분노가 아니라, 슬픔 같은 감정이었다. 나는 정말 그때 특정한 누군가를 욕보이고자 하는 마음이 전혀 아니었는데… 시간이 지나면 오

해가 풀리리라 여겼었는데… 가슴이 아팠다.

그런데 소담 씨는 어떻게 이런 글을 알고 있지? 나는 네이트온 창으로 물었다.

「옛날 생각 나네요ㅜㅜ 그런데 소담 씨는 어떻게 이런 글을 다 가지고 있어요?」

소담 씨는 『이방인』 번역서 출간과는 아무 상관이 없는 사람이었다. 그녀가 입사하기 오래전 일이었기에 당시의 소란을 알 리도 없었다.

「인터넷 속에 다 있습니다ㅎㅎ」

4.29.

어제 처음으로 생텍쥐페리의 『어린 왕자』 원본을 보았다.

네 권의 책을 대충 살펴본 나는 놀랐다. 그것은 카뮈의 『이방인』 때 받았던 충격 이상이었다. 도대체 무엇이 문제일까? 그것은 바로 번역에 대한 근본적인 인식의 차이에 있었던 것이다. 그래서 내가 그렇게, 문장까지 끌어다 『이방인』의 오역을 주장하는데 사람들이 이해를 못했던 것이구나 하는 생각도 들었다.

나는 인터넷을 접속해 여러 정보를 접했고, 한 미국 사이트에서 영어로 쓰인 비교적 합리적으로 보이는 내용도 확인할 수 있었다.

그 내용을 보자면 앞서 황 교수님이 신문에 기고했던 글과는 달리, 나디아 불랑제르라는 피아노 연주자는 아무 관련이 없어 보였다. 그와는 별도로 생텍쥐페리는 북아프리카로 다시 참전하러 가게 되었을 때, 가까운 친구였던 실비아Silvia Hamilton Reinhardt에게 원고를 맡겼고 생텍쥐페리는 평소 이 사람 집에서 원고를 많이 썼던 모양이다. 나중에 모건 라이브러리에서 그 육필 원고를 취득한 모양이었다. 또한 프랑스에서의 출간은 나치가 퇴각한 1945년, 갈리마르 출판사에서 11월 30일 초판이 출간된 것으로 되어 있었다. 생텍쥐페리는 고국 프랑스가 나치에게 점령당하자 미국으로 피난을 와 있었고, 『어린 왕자』는 1940년경 뉴욕에 살면서 집필해서 1942년 캐서린 우즈의 번역으로 먼저 미국에서 출간되었다. 결국 어느 것이 맞는지는 더 자료를 찾아보아야 할 터였지만, 프랑스에서의 첫 출판은 1946년이 아니라 1945년이라는 이야기였다.

급 호기심이 생긴 나는 내가 답답해서라도, 일부라도 정확한 번역을 해보아야겠다는 생각이 들었다.

5.2.

주말을 거치면서 실제 번역에 들어가 본 『어린 왕자』의 헌사 부분 번역을 오늘 아침 출근 전에야 마칠 수 있었다. 그냥 읽는 것과 번역은 완전히 다른 작업이다. 그것은 어순이 다른 타 언어를 우리말 어순에 맞게 옮기는 작업이기 때문이다. 단어 하나도 수많은 의미가 가능한 타 언어이기에 사실은 전체를 번역해보기 전까지는 확신할 수 없는 것이 번역이라는 세계다. 하기에 완전한 '완성'이라고는 할 수 없겠지만, 어쨌든 그 메일 주인공의 질문을 염두에 두고 문장을 보고 또 보았다.

해놓고 보니 헌사는 높임말이 어울려 보였다. 그가 물은 이유를 어렴풋이 알 것도 같았다.

출근해서 소담 씨에게 다른 설명 없이 메시지로 본문 번역을 보냈다.

레옹 베르트에게
내가 이 책을 한 어른에게 헌정한 것에 대해 아이들의 용서를 구합니다. 내게는 진지한 이유가 있습니다. 이 어른은 세상에서 내가 가진 최고의 친구인 것입니다. 내게는 다른 이유도 있습니다. 그는 모든 것을 이해하고, 심지어 아이들을 위한 책도 이해합니다. 내게는 세 번째 이유도 있습니다. 이 어른은 굶주림과 추위 속에 지내고 있는 프랑스에 머물고 있기 때문입니다. 그는 적절한 위로가 필요합니다. 만약 이런 모든 이유로도 충분치 않다면, 나는 이 어른의 옛날이었던 아이에게 이 책을 헌정하겠습니다. 모든 어른들은 처음에는 아이였습니다. (하지만 그것들을 기억하는 이는 거의 없습니다.) 나는 따라서 내 헌사를 고칩니다.

그가 작은 소년이었을 때의

레옹 베르트에게

잠시 후 소담 씨가 네이트온으로 물어왔다.

「아, 높임말로 하셨네요?」

「네…」

「그럼 다른 역자분들이 틀린 건가요?」

「다른 분이 꼭 틀렸다고는 할 수 없겠죠. 번역이니…」

「그래도 뭔가 이렇게 하신 이유가 있지 않나요?」

「첫 문장 속 'pardon'이 요즘은 친구 사이에도 쓰이는 모양이지만 원래는 존대의 의미가 강해요. 그래서 낮춤말보다는 높임말이 맞겠다는.」

「그러셨군요.」

「번역은 괜찮은가요?」

「저는 좋은 것 같습니다^^」

「그럼 이런 내용으로 그분께 답 드려줄래요? 소담 씨가 대신?」

「그러겠습니다^^」

5.3.

내가 읽은 책 가운데 추천할 만한 소설을 물으면 나는 주저없이 야마오카 소하치의 『대망大望』을 꼽는다. 일본에서는 『도쿠가와 이에야스德川家康』라는 제목으로 3개 신문에서 돌아가며 18년간 연재되었던 소설이다.

우리나라로 들어와서는 12권(그것도 아주 두꺼운)으로 번역되어 묶여졌다. 그 책을 처음 다 읽고 아쉬움에 책장을 덮으면서 나는 그런 생각을 했었다. '소설은 이렇게 써야 하는데.'

그리고 한참 시간이 지나 다시 읽게 되었을 때, 우리는 언제쯤이나 이런 소설을 가질 수 있을까? 하는 생각을 했었다. 자국

민의 의식을 하나로 모을 수 있는 작품을 위해 성향이나 독점 따위에 연연하지 않고 기꺼이 자사의 연재 지면까지 허락하며 보호했던 일본 언론. 일본의 국민소설『대망』의 탄생은 그래서 가능하지 않았을까.

문학작품 하나를 두고도 좌니 우니, 보수니 진보니, 대중문학이니 순수문학이니, 편을 갈라야 직성이 풀리는 우리 사회에서 과연 진정한 의미로서의 이만큼의 '국민소설'은 언제쯤에나 가능할까?

그런데 그『대망』이 원래의 제목인『도쿠가와 이에야스』라는 제목으로 재출간되어 있다는 걸 오늘에야 알았다. 그렇다면 번역도 다시 했다는 것일 터이다. 그 방대한 양의 번역을 다시 하면서 왜 책을 다시 낸 것일까? 궁금해서 인터넷을 찾아보니, 여러 사정이 있었다. 아마 저작권 문제로, 지금의 출판사가 정식 계약을 맺게 되면서 발생한 문제인 듯했다. 저작권이 특별히 보호도 받지 못하던 당시 외국에 나가 아무 책이나 가져다 번역해 팔던 시기가 있었다.『대망』은 그 시대에 번역되어 출판된 듯했다. 이후 국제간 저작권 보호 약정이 체결되고 새로운 출판사가 해당 저작권자와 정식 계약을 체결하면서 벌어진 일인 듯했다. 무슨 소송도 진행 중인 듯했는데, 거기까지는 읽고 싶지 않았다.

사실 나는 『어린 왕자』 헌사를 번역하고 나자, 욕심이 생겼다. 기왕 시작한 거 끝까지 해볼까 하는. 그래서 우선 저작권 문제를 알아보기 위해 인터넷을 둘러보다 알게 된 사연이었다.

『어린 왕자』에 대한 저작권은 '글'은 풀려 있는 게 분명했지만, 본문 속 삽화 문제만큼은 아직 풀리지 않은 것으로 알고 있었기 때문이다. 그래서 확인 차 『어린 왕자』의 저작권 문제에 대해 한국저작권위원회에 문의한 결과가 메일로 와 있었다.

저작권은 저작권법 제39조 제1항에 의하여 저작자 생존기간 및 사후 50년 동안 보호를 받습니다(2013년 7월 1일부터 사후 70년으로 연장되어 보호되며, 이미 저작권 보호기간이 만료된 저작물에 대해서는 소급 적용되지 않습니다). 즉 저작자가 사망한 지 50년이 지난 저작물은 저작권 보호기간 만료로 인하여 누구나 자유롭게 이용할 수 있습니다.

질의 사안과 같이, 『어린 왕자』의 저자 생텍쥐베리는 1944년에 사망하여 이미 사후 50년이 지나 저작권 보호기간이 만료되었습니다. 따라서 생텍쥐페리가 그린 원작 삽화는 누구나 자유롭게 이용할 수 있습니다.

다만 현재 저작권은 소멸되었을지라도, 상표권이 설정되어 있을 수 있으므로 이에 대한 확인이 필요할 것으로 보입니다. 감사합니다.

내가 다시 번역을 해 출판을 한다 해도 아무 문제가 없다는 회신이었다. 이전에는 원작 삽화가 묶여 있어 불가능했었는데 그것도 풀려 있다는 회신이었다.

5.4.

새벽녘 눈이 떠졌다. 잠시 후 나는 기계적으로 책상에 앉아 있는 나를 발견했다. 며칠째였다. 나도 모르는 사이 나는 어느새 『어린 왕자』에 푹 빠져 있었던 것이다.

1장 번역을 마쳤지만, 아직 image와 dessin의 문제를 해결할 수 없어서 누구에게도 보이지 않고 있는 중이었다.

『어린 왕자』의 첫 문장은 이렇게 시작했다.

Lorsque j'avais six ans j'ai vu, une fois, une magnifique image, dans un livre sur la Forêt Vierge qui s'appelait

« Histoires Vécues ». Ça représentait un serpent boa qui avalait un fauve. Voilà la copie du dessin.

이 속에 등장하는 이마주image와 데생dessin은 정말 한 그림을 가리킬까? 하는 것이 이번 장을 마치고 든 생각이었다.

현재 가장 잘된 번역으로 꼽히는 번역서는 이렇게 번역하고 있었다.

내 나이 여섯 살 적에, 한번은 『체험담』이라고 부르는 원시림에 관한 책에서 멋진 그림 하나를 보았다. 보아뱀 한 마리가 맹수를 삼키고 있는 그림이었다. 그걸 옮겨 놓은 그림이 위에 있다.

이마주와 데생을 전부 '그림'으로 본 것이다.

저것이 정말 같은 '그림'을 의미하는 것이라면 하나로 통일해 쓰면 되는 일이었다. 더군다나 한 문맥 안에서라면 대명사로 받을 수 있는 일이었다. 그런데 작가는 굳이 저것을 달리 쓰고 있었다. 의미가 다르다는 이야기였다. 그런데 아무리 해도 저것을 달리하고서는 우리말 문장이 자연스럽게 되지 못했다.

정말 작가는 동어반복이 싫어서 저렇게 쓴 것일까? 그러나 절대로 그럴 수는 없는 것이었다. 무엇보다 직접 번역에 들어가기 전에 대충 훑어본 원문상으로도 이마주와 데생은 여러 번 구분해 쓰이고 있었다. 분명히 다른 의미였다. 이 한 곳의 문제가 아니었기에 더욱이 그냥 지나칠 수가 없었던 것이다.

영역자의 번역도 보았다. 그는 이렇게 번역했다.

Once when I was six years old I saw a magnificent picture in a book, called True Stories from Nature, about the primeval forest. It was a picture of a boa constrictor in the act of swallowing an animal. Here is a copy of the drawing.

그 역시 picture와 drawing으로 구분해 쓰고 있는 것을 볼 수 있었다.

단순한 듯해도, 번역이라고 해서 이것도 되고 저것도 될 수 있는 것이 결코 아니다. 여기서도 보듯 어느 하나는 '그림'을 가리키는 것이 명백하다. 문장 밑에 바로 그림이 나오기 때문이다.

나는 이렇게도 해보고 저렇게도 해보며 수없이 문장을 고쳐보았다. 그냥 눈으로 원서를 보는 것과 완벽한 문장으로 옮기는 번역은 완전히 다른 것이다. 아무리 번역이라 해도 그 자체로 문장이 되지 않으면 그건 원래의 의미를 잘못 이해했기 때문이다. 애초에 작가가 그런 문장을 쓸 리 없다는 이야기이기도 하다.

회사 일이 제대로 손에 잡힐 리 없었다. 그렇다고 드러내놓고 나 몰라라 할 수도 없었다. 내가 왜 또 이 짓을 시작하나 싶은 생각도 들었지만, 『이방인』 때와는 또 많이 달랐다. 그때는 정말 한 문장 한 문장이 막막했지만, 이제는 뭔가가 보일 듯 말 듯 하는 것이어서 더욱 손에서 놓아지지 않았다.

오후에 소담 씨가 그 메일의 주인공으로부터 고맙다는 인사와 함께 또 한 문장을 물어왔다는 내용을 메시지로 보내왔다.

「저번 답변 고맙다고 하면서, 이번엔 'Mon dessin ne représentait pas un chapeau.'가 정확히 무슨 뜻이냐고 물어봐 달라고 오셨는데요?」

나는 이미 번역을 해본 마당이기도 하기에 문장을 보고 망

43

설임 없이 답했다.

「내 그림은 모자를 그린 게 아니었다, 잖아요?」

그런데 그렇게 써서 답하고 보니 좀 이상했다. 어제까지는 의식하지 못했는데, 우리말 '그림'과 '그리다'가 충돌했기 때문이다. 작가가 정말 이런 촌스러운 문장을 썼을까? 같은 말을 되풀이해서 이 짧은 지면에… '그림이 모자를 그린 게 아니'라는 건 누구나 아는 것인데, 그린 게 아니라고?… 이상하게 보기 시작하자 정말 이상해 보였다.

5.5.

새벽녘, 마침내 이해가 되었다. 여기서는 dessin이 '그림'을 의미하는 것이 확실했고 이마주image는 말 그대로 '이미지'로 하는 게 적당할 터였다. 따라서 그림과 같이 쓰인 représentait는 단순히 '그리다'가 아니라 저 단어의 동사 의미 그대로, '묘사하다', '상징하다'로 해야 문장이 촌스럽게 되지 않고 전체가 조합되는 것이다.

그리하여 나는 1장의 전문을 마침내 완성했다.

내가 여섯 살이었을 때, 한번은, 『체험담』으로 불리는 원시림에 관한 책에서 굉장한 이미지 하나를 보았다. 그것은 맹수를 삼키고 있는 보아뱀 한 마리를 보여 주고 있었다. 여기 그 그림의 모사본이 있다.

그 책은, '보아뱀은 먹이를 씹지도 않고 통째로 삼킨다. 그러고 나서 그들은 더이상 움직일 수 없어서 소화를 위해 6개월 동안 잠을 잔다.'고 알려 주고 있었다.

나는 그때 정글의 모험에 대해 많이 생각했고, 이번에는 내가, 연필로, 내 첫 번째 그림을 그리는 데 성공했다. 나의 그림 1번. 그것은 이와 같았다.

나는 내 걸작을 어른들에게 내보이며 내 그림이 혹시 그들을 두렵게 하는지를 그들에게 물었다.

그들은 내게 대답했다. "모자가 어째서 두렵게 할 거라는 거지?"

내 그림은 모자를 표현한 게 아니었다. 그것은 코끼리를 소화시키는 보아뱀을 표현한 것이었다. 나는 그래서 어른들이 이해할 수 있도록, 보아뱀의 안쪽을 그렸다. 그들에겐 항상 설명이 필요하다. 내 그림 2번은 이와 같았다.

어른들은 내가 보아뱀의 안쪽을 그린 것이든 바깥쪽을 그린 것이든, 그에 관해서는 제쳐 두고 대신 지리, 역사, 수학, 그

리고 문법에 관심을 가지라고 권고했다. 그것이 내가 여섯 살 나이에 화가라는 굉장한 직업을 포기하게 된 이유였다. 나는 내 그림 1번과 2번의 실패로 낙심하게 되었던 것이다. 어른들은 결코 혼자서는 어떤 것도 이해하지 못하고, 아이들은 언제나 그들에게 설명하느라 애쓰고 있는 것이다.

나는 따라서 다른 직업을 선택해야만 했고 비행기 조종하는 법을 배웠다. 나는 세상 곳곳을 비행했다. 그리고 지리는 정말이지, 내게 많은 도움을 주었다. 나는 중국과 애리조나를 한눈에 구별할 수 있었다. 만약 누구라도 밤에 길을 잃는다면, 그것은 매우 유용한 것이다.

인생을 살면서, 나는 많은 진지한 사람들과 숱한 교류를 가졌다. 나는 어른들 속에서 많은 체험을 했던 것이다. 나는 그들을 매우 가까이서 지켜봤다. 그것이 내 견해를 크게 변화시킨 것은 아니었다.

나는 조금 명석해 보이는 이를 만날 때마다 내가 항상 지니고 있던, 내 그림 1번을 보여 주는 실험을 했다. 나는 그 사람이 정말 이해하는지 알고 싶었던 것이다. 그러나 언제나 그 사람은 "그거 모자네." 하고 대답했다. 그러면 나는 그 사람과 보아뱀이나, 원시림이나, 또는 별에 관해 이야기하지 않았다. 나는 내 자신을 그 사람에 맞추었던 것이다. 나는 그 사람에게 브리지(bridge: 카드 게임의 일종), 골프, 정치, 그리고 넥타이에 관해 이야기했다. 그러면 그 어른은 매우 지각 있는 사람을 알게 된 것에 대해 아주 만족해했다.

5.8.

「아, 1장을 통째로 번역하셨군요?! 네, 잘 읽힙니다ㅎㅎ」

출근해서 최종적으로 손본 1장 번역을 보내자, 잠시 후 네이트온으로 돌아온 소담 씨의 첫 반응이었다.

「감사^^」

「'내 그림은 모자를 표현한 게 아니었다'로 하셨군요. 1장 전체를 그분께 보내겠습니다ㅎㅎ 그런데 대표님, 혹시 이제 『어린 왕자』 전체 번역을 시작하신 건가요?」

그녀의 그 말에 나는 잠시 망설였나. 뭐라고 해야 하나, 어쩌다 보니 여기까지 왔고, 마음은 굴뚝같았지만, 정말 내가 끝까지 할 수 있을지, 아직 자신이 서지 않아 주저가 되었다. 그래서 그냥 웃는 모습의 이모티콘으로 대신했다.

5.11.

스물넷에 아쿠타가와상을 받은 문재文才면서 독설로 유명한 마루야마 겐지에게 일본 문학에 대해 물은 모양이다. 그의 대답이 재미있었다.

문학은 인간의 본질을 묻고, 세계와 일대일로 대결하는 예술이다. 그런데 대부분의 일본 문학은 '사私소설'이다. 마누라가 어쨌다는 둥, 와인이 어떻다는 둥, 나는 이렇게 괴롭다는 둥… 근본적 고민이 없다. 그런 소설은 벽장 속에 넣어두고 저 혼자 읽어라. 다들 나르시시스트투성이였다…. 일본 문학의 3대 나르시시스트가 있다. 다자이 오사무, 미시마 유키오, 그리고 무라카미 하루키다. 하루키 초창기 소설을 좀 읽어봤다. 이제는 읽지 않는다. 나르시시즘의 전형이지. 평범에 미달하는 남자가 미녀에게 둘러싸여 늘 사랑을 받더군. 현실에서는 불가능한 꿈이다. 작가의 콤플렉스지. 읽는 독자도 마찬가지고.

마루야마 겐지. 개인적으로 크게 좋아할 것도 싫어할 것도 없는 작가지만, 그 솔직함에 기가 질렸다. 그가 옳든 그르든, 같은 동료 작가에 대해 이렇게 말할 수 있는 작가가 이 땅에는 과연 몇 명이나 있을까?

『이방인』 번역 때 알았다. 기존 '카뮈 박사'로 존경받는 그분의 번역이 꼭 다 맞는 것이 아니라는 걸 모르지 않으면서도, 아니 자신들도 그 번역이 틀리다는 걸 알고 있었으면서도 누구도 지적하지 않았다. 오히려 그 잘못을 지적하는 나를 공격했다. 언론이 확인 차 인터뷰를 하려고 하자 나서준 불문학자는 한 사람도 없었다. 하기에 기자는 불문학자가 아니라 영문학자를 불러 인터뷰를 했다. 그의 입에서 나온 말이, '딱히 오역이랄 것까지는…'이었다.

오역이면 오역이고 아니면 아닌 것이다. 단어 하나에도 목숨을 거는 게 작가가 아닌가? 번역이니까 그러지 않아도 된다는 발상이 나로서는 이해되지 않았다. 이것도 되고 저것도 되는 글이 세상에 어디 있다는 것인지… 이 기사를 보면서 또 왜 그때 생각이 난 것인지…….

아무튼 하루키에 대해 내 생각도 이분과 크게 다르지 않았다. 『노르웨이의 숲』을 비롯 처음 그를 접했을 때 정말 좋아했었지만, 거기까지였다. 나도 나이를 먹었고 그도 나이를 먹었던 때문이리라. 나 역시 어느 시점부터 더 이상은 보고 싶지 않았다. 번역 때문인가 하는 생각도 안 해본 게 아니다. 그러나 일본어 번역은 서양과 또 다르다. 일본어는 어순이 우리와 같기에 의미 전달이 잘못될 일이 거의 없기 때문이다.

물론 내가 그랬다는 것이지 세상이 전부 그럴 거라는 것은 아니다. 아무렇든 그의 신간이 나오면 전 서점에 도배가 되고 언론 역시 일본 언론 이상으로 기사를 써댔다. 기사를 보면 기자가 정말 책을 읽긴 한 걸까? 이게 진심일까 의심이 가는 글들로 도배가 되었다. 그래서 이참에 나도 하루키에 대해 한마디만 덧붙여두자면,

"겐지 씨, 내가 보기에도 하루키 소설 속에 등장하는 남자들은 이름과 연대만 바뀔 뿐 30년 전 그대로인데도 늘 젊은 여성들의 사랑을 받더군요. 희한한 일이긴 합니다."

소담 씨에게 확답은 하지 않았지만, 이미 내 마음은 온통 『어린 왕자』에 가 있었다.

2장 번역을 마쳤지만, 확실히 이해가 안 되는 부분이 있어 미적거리고 있는 중이었다.

II

나는 그렇게 혼자 살았습니다, 실상 이야기를 나눌 상대도 없이, 사하라사막에서 오도 가도 못할 처지가 된 6년 전까지 말입니다. 내 비행기가 얼마간 고장을 일으켰었습니다. 그리고 내게는 정비공이나 승객도 없어서, 단지 혼자, 그 어려운 수리를 해낼 각오를 다져야만 했습니다. 그건 내게 죽느냐 사느냐의 문제였습니다. 나는 간신히 일주일 치 마실 물이 있었을 뿐이니까요.

첫날 밤 나는 여느 주거지로부터 수천 마일 떨어진 모래 위에서 잠이 들었습니다. 나는 대양 한복판에 떠 있는 뗏목 위의 난파선 선원보다 더 고립되어 있었던 것이죠. 그러니 여러분은 동틀 무렵, 이상한 작은 목소리가 나를 깨웠을 때의 내 놀라움을 상상할 수 있을 거예요. 그는 말했죠.

"부탁인데요… 내게 양 한 마리만 그려 줘요!"

"응!"

"내게 양 한 마리만 그려 줘요……."

마치 나는 벼락이라도 맞은 듯이 벌떡 일어났죠. 나는 내 눈을 잘 보이게 문질렀답니다. 나는 주의 깊게 바라보았죠. 그

리고 나는 엄숙하게 나를 살펴보고 있는 매우 기이한 복장의 꼬마 한 명을 보았습니다. 이것이 훗날, 내가 그를 성공적으로 그린 것 중에서 가장 나은 초상화입니다. 하지만 내 그림은, 물론, 실제 모델보다 덜 매혹적입니다. 그건 내 잘못이 아닙니다. 나는 어른들에 의해 화가라는 직업이 좌절된 여섯 살 이후, 보아뱀의 안과 밖을 제외하고는 어떤 것도 그리는 법을 배운 적이 없었기 때문이죠.

나는 너무 놀라 휘둥그레진 눈으로 이 환영을 바라보았죠. 잊어서는 안 될 것이, 나는 사람이 사는 지역으로부터 수천 마일 떨어져 있었던 것이죠. 그런데 이 꼬마는 내게 길을 잃은 것 같지도, 피곤해하는 것 같지도, 배가 고픈 것 같지도, 목이 마른 것 같지도, 두려워하는 것 같지도 않게 여겨졌죠. 그에게는 사막 한가운데서 길을 잃은 아이라고 할 만한 구석이 없었던 것입니다. 마침내 내가 말을 할 수 있게 되었을 때, 나는 그에게 물었죠.

"하지만… 너는 여기서 무얼 하고 있는 거니?"

그리고 그때 그는 내게, 매우 부드럽게, 아주 진지한 사항처럼 되풀이해서 말했습니다.

"부탁이에요… 내게 양 한 마리만 그려 줘요……."

불확실성이 너무 압도적이면, 사람들은 감히 따르지 않을 수 없게 됩니다. 사람들의 거주지로부터 수천 마일 떨어진 곳에서 죽음의 위험에 처한 내게 그것은 황당하게 여겨졌지만, 나는 주머니에서 종이 한 장과 만년필을 꺼냈습니다. 그러나 그때 내가 공부한 것은 무엇보다 지리, 역사, 수학, 그리고 문법이었다는 것이 떠올랐고 그 꼬마에게 (조금 언짢아진 기분으로) 나는 그리는 법을 알지 못한다고 말했죠. 그는 내게 대답했습니다.

"아무래도 상관없어요. 내게 양 한 마리만 그려 줘."

나는 결코 양을 그려 본 적이 없었으므로 그에게 내가 그릴 수 있었던 단지 두 개의 그림 가운데 하나를 그려 주었답니다. 그것은 보아뱀의 바깥이었죠. 그런데 나는 그 꼬마가 내게 대답한 것을 듣고 기겁하지 않을 수 없었습니다.

"아니! 아니! 나는 보아뱀 속 코끼리를 원한 게 아니야. 보아뱀은 너무 위험하고, 코끼리는 너무 거추장스러워. 내가 사는 곳은 모든 게 작아. 나는 양이 필요한 거야. 양 한 마리만 내게 그려 줘."

그래서 나는 그렸습니다.

그는 주의 깊게 보고는, 그러고 나서,

"아니! 이 양은 이미 너무 병들었어. 다른 것을 그려 줘."

나는 그렸습니다.

내 친구는 너그러움과 함께, 귀엽게 웃었습니다.

"당신이 보기에도… 이건 양이 아니잖아, 이건 염소야. 뿔이 있잖아……."

그래서 나는 또 그림을 다시 그렸습니다.

하지만 그것도 앞의 것들처럼 거절당했죠.

"이건 너무 늙었어. 나는 오랫동안 살 양 한 마리를 원해."

그래서, 인내심도 다했고, 서둘러 엔진 수리를 시작해야 했기에, 나는 이것을 이렇게 끄적거렸습니다.

그러고는 툭 던졌죠.

"그건 궤짝이야. 네가 원하는 양은 안에 있어."

하지만 나는 환하게 빛나는 젊은 심판관을 보곤 깜짝 놀랐습니다.

"내가 원하던 게 바로 이거야! 당신은 이 양에게 많은 풀이 필요하다고 생각해?"

"왜?"

"내 별은 너무 작거든……."

"틀림없이 충분할걸. 나는 네게 매우 작은 양을 주었으니까."

그는 그 그림 위로 머리를 숙였습니다.

"그렇게 작지는 않은데… 봐! 그가 잠들었어……."

그렇게 해서 나는 어린 왕자를 알게 되었던 것입니다.

2장을 보내고 나서 얼마 안 있어 소담 씨가 메시지를 보내왔다.

「2장 번역도 하셨군요! 너무 재밌어요. 대표님ㅎㅎ 근데 여기서 bélier를 '염소'로 번역하셨네요? '숫양' 아닌가요? 이전에 어느 교수님도 지적하셨지만…」

「네, 나도 고민했지만, 난 생각이 좀 달라요. 물론 주를 달아 설명해주고, '숫양'이라고 할 수도 있겠지만, 그럴 만큼 이것이 비중 있는가는 다른 맥락 같아요. 실제 bélier는 '흰염소자리'

를 뜻하기도 한다는 점에서, 또 작가가 하고 싶었던 말은 우리가 인식하는 것 같은 염소 모습을 한 양이었으니, 우리가 인식하는 이미지에 맞게 '염소'로 하는 게 우리 독자들에겐 맞다고 봐요. 번역에 있어서 의역이 필요하다면 나는 바로 이런 곳이 아닐까 싶어요. 작가의 문장을 역자 임의로 바꾸는 게 아니라 말이에요. 거꾸로 왜 사람들은 다른 곳은 그렇게 의역을 하면서 이런 건 왜 꼭 직역을 해야 한다고 하는 걸까요?」

「…음… 그렇긴 하네요. 그래도 저는…」

「일단 그냥 두고 가기로 해요. 끝까지 해보고 꼭 고쳐야 한다면 그때 고치도록 하죠.」

「넵. 그리고 하나 더요. 여기서 왜 어린 왕자가 존댓말을 하는 건가요? 보통은 모두 반말로 번역을 하던데…」

「맞아요. 그래서 어린 왕자가 버릇이 없다고 야단도 맞고 말예요^^」

「네ㅎㅎ」

「어린 왕자는 확실히 저 어른에게 처음부터 낮춤말을 쓴 게 아니에요.」

「아, 그런가요?」

「불어는 2인칭 주어, tu의 변화를 통해 높임말을 구분하는

58

건 아시죠?」

「네.」

그녀는 대학에서 불문학을 전공했다. 그럼에도 기본부터 설명했다.

「tu는 보통 '너'를 의미해서 서술어가 당연히 반말이 되죠. 상대를 높여 부르려면 vous를 쓸 테고. 물론 vous는 복수형 '여러분'을 의미하기도 하고요. 그런데 우리가 앞서도 봤지만 헌사에서부터 작가는 어린이들에게 높임말을 쓰고 있는 거예요. 그러니 여기서 vous가 쓰였다면 '높임말'로 보는 게 합당할 거라는 거죠?」

「아…」

「어린 왕자가 비행기 조종사인 내 앞에 나타나 처음으로 뭐라고 하는지 보실래요?」

「S'il vous plaît… dessine-moi un mouton! 어머나! 그러네요.」

「그래요. 아주 일상적으로 쓰이는 관형어 '실 부 플레S'il vous plaît'에서 우리는 어린 왕자가 여기서 높임말을 썼구나, 하는 걸 알 수 있는 거예요. 그냥 반말이었다면 'S'il te plaît'라고 했을 테니 말이에요.」

「세상에, 저도 『어린 왕자』 원문을 수없이 봐왔는데 그냥 지나쳤던 거네요…」

「ㅎㅎ 그건 소담 씨뿐만 아니라 다른 모든 유명한 역자들도 그랬으니, 너무 자책하진 마세요.」

「왜 그랬을까요?」

「일단 역자들이, 너무나 일반적으로 쓰이는 말이기에 크게 주의를 기울이지 않았던 것 같고, 뒤에 이어지는 어린 왕자의 말투와 일치시키려다 보니 그런 게 아닐까 싶어요.」

「맞아요. 뒤에는 분명이 'tu'가 쓰이거든요.」

「네, 어린 왕자는 비행기 조종사인 '나'에게 처음엔 저렇듯 vous를 쓰고는 곧이어서 tu를 사용하기 시작해요. 그런데 여기서 tu는 낮춤말이면서도 친밀감을 드러내는 '반말'인 거죠. 우리가 어릴 때 엄마에게 하는 낮춤말 같은 거요.」

「아! 그래서 뒤에 높임말을 쓰다 갑자기 말을 낮춘 거군요?」

「맞아요. 그건 내가 그린 게 아니라, 생텍쥐페리가 의도적으로 그렇게 썼던 거예요.」

「ㅎㅎ 이제 이해됐어요. 세상에… 그렇게 어린 왕자를 좋아했으면서도 이걸 몰랐다니…」

「앗, 그리 말하면… 갑자기 으쓱해지는데^^」

5.17.

5년 전 처음 번역의 세계에 뛰어들었을 때, 나는 『이방인』만 잘못된 것인 줄 알았다. 그것도 당연히 역자의 오해에서 기인한 의역으로 인해.

내가 얼마나 순진했는가 하면, 그 밖의 다른 모든 번역서는 당연히 작가가 원래 쓴 그대로 직역했을 거라 믿었다는 것이다. 아주 가끔씩 '직역'이 안 되는 문장을 불가피하게 의역했거나, 직역을 할 능력이 안 되는 이들이 문장을 읽히기 좋게 만든다는 이유로 '의역'을 가했던 것일 뿐일 거라고. 그렇기에 가끔 어느 소설의 '오역' 문제도 불거져 나올 수 있었던 것이라고.

그런데 요즘 들어 그게 아닐 수도 있다는 생각이 든다. 우리의 모든 번역이 사실은 전부 '의역'이 아닐까 하는… 그런 점에서 사실은 어떤 번역도 '오역이다', '아니다'를 다툴 수 있는 범주에 있지 않다는… 만약 그렇다면, 세상에 모든 번역이 의역인데 어느 걸 두고, 누가, 어떤 기준으로 오역이다, 아니다를 말할 수 있을 터인가.

그러고 보면 생텍쥐페리가 두 언어로 『어린 왕자』를 썼을지도 모른다고 떠돌아다니는 말이 사실은 얼마나 터무니없는 말일까?

오늘은 하루 종일 그런 생각만 했다.

5.22.

새로운 한 주의 시작이다.

아침 회의를 끝내고 막 일어서는 중에 소담 씨가 "대표님, 『어린 왕자』는 어떻게 되는 건가요?" 하고 물었다. 『어린 왕자』 2장 번역에 대해 둘이 논의하고 어느새 일주일이 지난 것이다. 사실 나는 내색은 하지 않았지만 다른 일 중에도 끊임없이 『어린 왕자』를 생각하고 있었다. 실제 번역을 하고 있기도 했던 것이다.

"음, 잠깐 앉으세요. 아 참, 편집장도 같이 봅시다."

나는 서둘러 편집장도 다시 자리에 앉게 했다. 다른 이들이 나가고 나는 조금 생각을 정리해서 말했다.

"미처 편집장과 상의하지 못했었는데, 어쩌다 보니 내가 다시 『어린 왕자』를 번역하게 되었어요."

편집장의 놀란 기색이 역력했다. 『이방인』 번역 연재부터 편집까지, 그때 만신창이가 되던 나를 지켜봤던 그녀로서는 놀랄 만도 할 터였다. 그녀에게 먼저 이야기하지 못한 것도 그래서였다. 편집장의 얼굴은 이제 그 상처를 잊을 만한데 왜 또? 하는 의미를 담고 있는 것이기도 했다.

"이번엔 소담 씨 도움을 좀 받아야 할 것 같아요. 시간을 좀 빼주셨으면 해서……."

벌써 10년을 함께 일해온 그녀였기에 특별히 길게 설명할 필요는 없었다. 내가 이 정도로 말할 정도면 이미 어느 정도 진행된 이후라는 걸 너무 잘 알고 있었기 때문이었다.

"…네, 알겠습니다."

"생각보다 쉽지 않습니다. 저도 한동안 『어린 왕자』에 집중해야 할 것 같아서요. 다른 원고들은 편집장이 더 신경 써주세요."

"네."

그렇게 설명하고 나는 소담 씨를 돌아봤다.

"손을 놓아버린 건 아니고, 말한 대로 쉽지 않네요. 그래서 천천히 해가고 있어요. 그런데 『어린 왕자』로 뭐 다른 하실 말씀이 있었나요?"

"네, 저번에 메일 보내신 분이 오늘 또 보내오셨길래요."

"또 메일을 보냈다고요? 뭐라는데요?"

"그냥, Tu viens donc d'une autre planète? 라고만······."

"나보고 어느 별에서 왔냐구요?"

내가 웃으며 물었다.

"아, 그 사람이······."

소담이 약간 당황한 표정으로 말했다.

"하하, 아무튼 이상한 사람이군요. 그분은 왜 자꾸 그런 걸 보내올까요?"

"제 생각엔 대표님이 번역을 하도록 독려하는 것 같습니다."

"독려라고요?"

그러곤 무슨 소린가 싶어 우리 둘을 바라보는 편집장에게 그간의 상황을 설명했다. 그분이 보내온 첫 메일은 사실 편집 장이 소담 씨에게 넘긴 것이라 했으니······.

"그럼 제가 보기에도 그런 거 같은데요."

편집장이 말했다.

"그럴까요··· 그 사람이 왜 내게, 나를 얼마나 안다고? 메일 아이디도 보니 그냥 장난스럽던데······."

그러자 소담 씨가 말했다.

"대표님, 그 아이디, 그냥 아무 의미 없는 게 아니라, 달구벌 이라고 한 거 같아요."

"네? 달구벌?"

"네… 영어를 한글 자판으로 쳐보니까 그렇더라구요."

"아하, 그랬군요. 내가 무심했군요. 그럼 '대구'라고요?"

"네. 혹시 생각나는 건 없으세요?"

소담 씨가 물었고 나는 조금 생각해보았지만, 전혀 짚이는 게 없었다.

"아니요. 거기 너무 더운 곳이라는 것밖엔, 하하."

그러자 소담 씨의 얼굴로 어렴풋이 실망하는 기색이 스치는 듯했다.

소담 씨가 말했다.

"의외로 많은 사람들이 '이방인 사태'를 아는 것 같습니다. 제 주변에서도 그런 얘기를 몇 번 들었구요."

"그렇더라도 내 번역을 독려한다구요? 설마… 뭐, 정말 『어린 왕자』를 좋아하는 독자인가 보죠. 아무튼 3장 번역 원고는 곧 넘길 수 있도록 해볼게요. 그만합시다."

그렇게 둘을 돌려보내고 나는 조금 전 그 메일 주인이 물어왔다는 말을 떠올렸다.

'Tu viens donc d'une autre planète?'

곰곰이 생각해보니 나보고 어느 별에서 왔냐고 묻고 있는

게 아니라, 나보고 '다른autre' 별에서 왔냐고 묻고 있다고 보는
게 더 정확할 것 같았다.

그러거나 말거나 큰 차이도 아니지만 또 께름칙했다. 이건
병이다, 병. 그러면서도 나는 앞뒤 문맥을 살펴볼 요량으로 『어
린 왕자』 원문을 펼쳤다.

5.25.

3장 번역 원고를 보낸 뒤 한참 지나 소담 씨가 메시지를 보
내왔다.

「Tu viens donc d'une autre planète?을 '너는 그러니까 다른
별에서 왔다는 거니?'로 하셨네요?」

「이상한가요?」

「아니요. 이상한 건 아니구, 조금 늘어지는 것 같기도 하구
요. 다른 분들은 '그럼 넌 다른 별에서 왔구나.'라고 했거든요.」

「나도 처음엔 그냥 그렇게 평이하게 생각했어요. 그런데 자
세히 보면 그게 아녜요. 단순하게 말해서 저때까지 비행기 조
종사는 어린 왕자가 다른 별에서 왔을 거라곤 전혀 생각지 못
하고 있는 거예요. 그런데 그가 다른 별에서 온 게 크게 이상

66

할 것도 없다는 듯이 그렇게 되물을 수는 없는 것이거든요. 역자가 이미 알고 있는 정보 때문에 착각한 거예요.」

「듣고 보니 그러네요ㅎㅎ」

「감사^^」

「대표님, 그런데 저라면, 조종사가 '네가 얌전히 굴면 낮에 양을 매어 둘 수 있도록 고삐도 하나 줄게. 말뚝도 주고'라고 하지 않을 것 같아요.」

「왜요?」

「너무 저렴한? 어른 같아서요ㅎㅎ 그냥 참고로만 말씀드려요~」

「저렴한 어른이라? ㅇㅋ 원고 다시 한번 볼게요. 드린 원고는 폐기하세요!」

「넵!」

나는 소담 씨의 지적을 염두에 두고 다시 원고를 들여다보기 시작했다. 그리고 얼마나 시간이 흘렀는지 모른다. 역시 번역은 볼 때마다 새로워 보였다. 끝없이 들여다보니, 소담 씨의 지적이 이해가 되었다. 분명 그녀가 옳았다.

나는 끊임없이 '직역'을 주장하면서도 나도 모르게 은연중

의역을 하고 있었던 것이다. 소담 씨가 지적을 한 것은 아니지만 'tu'를 나도 모르게 '아저씨'라고 번역해두고 있는 것도 그제서야 보였다. 저기에 아저씨라는 뜻은 없는데도 말이다. 그냥 '당신'으로 해도 전혀 문제가 되지 않았다. 그건 너무 오랜 습관이기도 했다. 뜻이 들어오면 문장 구조에 상관없이 그냥 우리말 번역을 해버리는 것. 그건 반드시 실수를 동반하게 되어 있다.

나는 그 밖에 몇 군데를 수정해서 3장을 다시 보냈다.

Ⅲ

그가 어디서 왔는지를 알게 되기까지는 긴 시간이 걸렸다. 내게 그렇게 많은 질문을 했던 어린 왕자는 내가 묻는 것은 결코 들으려 하지 않는 것 같았다. 모든 것은 우연히 뱉어진 말들에 의해 아주 조금씩 내게 밝혀졌다. 예를 들면 그가 처음으로 내 비행기(내 비행기는 그리지 않겠다, 그것은 내게 너무 복잡하다)를 보고 물었다.

"이 물건은 뭐야?"

"이건 그냥 물건이 아냐. 날아다녀. 이건 비행기야. 내 비행기지."

그리고 나는 내가 날아다닌다는 것을 그에게 알려 줄 수 있어서 자랑스러웠다. 그러자 그가 소리쳤다.

"뭐라고! 당신이 하늘에서 떨어졌다고?"

"그래." 나는 대수롭지 않다는 듯 대답했다.

"와! 그거 재미있다……."

그리고 어린 왕자는 매우 멋진 웃음을 터뜨렸는데, 내게는 많이 거슬렸다. 나는 내 불행이 진지하게 여겨졌으면 했던 것이다. 그러고 나서 그가 덧붙였다.

"그러니까 당신도 하늘에서 왔다는 거네! 어느 별에서 온 거야?"

나는 그라는 존재의 신비로움에서 희미한 한 줄기 빛을 본 직후에, 갑작스럽게 질문을 했다.

"너는 그러니까 다른 별에서 왔다는 거니?"

그러나 그는 답하지 않았다. 그는 내 비행기를 보면서 천천히 고개를 끄덕였다.

"사실 저것으로, 당신은 아주 먼 곳으로부터 올 수는 없었을 텐데……."

그리고 그는 오랫동안 상념에 잠겨 있었다. 그러고는, 그의 주머니에서 내 양을 꺼내서는 그의 보물을 넋 놓고 감상했다.

여러분은 이 반쯤은 믿을 수 없는 '다른 별들'에 의해 불러일으켜진 내 호기심이 어떠했는지를 상상할 수 있을 것이다. 그래서 나는 더 많은 정보를 알아내기 위해 노력했다.

"내 어린 친구, 너는 어디에서 왔니? '네가 사는 곳'은 어디니? 내 양을 어디로 데려가려는 거니?"

그는 깊은 생각에 빠져 침묵 끝에 대답했다.

"당신이 내게 준 상자가 매우 좋은 점은, 밤에 그것을 집으로 쓸 수 있다는 거야."

"물론이지. 네가 친절하다면, 온종일 그를 붙잡아 매 둘 줄도 줄 수 있어. 그리고 말뚝도."

그 제안은 어린 왕자에게 충격을 준 것 같았다.

"붙잡아 매 둔다고! 무슨 기괴한 생각이야!"

"그러나 만약 네가 그를 붙잡아 매 두지 않으면, 그는 어디로든 달아날 테고, 잃어버리게 될 텐데……."

그러자 나의 친구는 다른 의미의 웃음을 터뜨렸다.

"당신은 그가 어디로 갈 거라고 생각해!"

"어디든지. 앞으로 곧장……."

그때 어린 왕자가 심각하게 말했다.

"그건 문제가 안 돼. 내가 사는 곳은 아주 작거든!"

그리고, 아마도 조금 쓸쓸해졌는지 그는 덧붙였다.

"앞으로 곧장 간다 해도 그렇게 멀리 갈 수 없어……."

5.28.

번역을 하는 중에도 고전 소설의 번역은 반드시 '직역'을 해야 한다는 생각이 과연 나만의 생각인지 궁금해서 틈틈이 번역 관련서들을 찾아보게 된다. 이번 주 휴일은 『번역은 반역인가』라는 책을 읽게 되었다. 아주 오래전 출간된 책이었지만 제목이 눈길을 끌어 사둔 책이었다.

본문 중에 이세욱 씨와 백선희 씨의 논쟁 관련 부분이 무엇보다 흥미로웠다. 이세욱 씨는 한때, 한국에서 최고의 인기를 누리는 프랑스 작가 베르나르 베르베르의 전담 번역가였다. 『개미』를 비롯한 그가 번역한 베르베르 작품을 예전에 여럿 읽었었는데, 유려한 그의 번역이 어떻게 이루어진 것인지 이 글의 행간을 보니 짐작이 되었다.

둘 사이 논쟁의 쟁점을 저자는 한마디로 이렇게 정리하고 있었다.

"원문에 대한 충실성이냐 텍스트의 심리적 의미에 내한 충실성이냐?"

그런데 이 말은 곧 내 식으로 하면, "직역이냐 의역이냐"의 문제가 되는 것이다.

결국 이세욱 씨는 '의역론자'인 셈이었고, 상대 역자인 백선희 씨는 '직역론자'인 셈이었다.

당연히 나는 '원문에 충실해야 한다'는 백선희 씨의 주장에 백 퍼센트 공감했다.

예컨대 백선희 씨는 이렇게 말한다.

"'덧칠' 혹은 '훼손'이라고 문제되었던 작품의 첨언들은 문화적 차이를 고려한 번역자의 친절한 개입이라는 말로 이해될 수 있는 것들이 아니라고 생각한다."

"저자가 '암시'만으로 지나가려 하는 대목에서 역자가 해설을 덧붙인다면 원작의 문체며 분위기를 잘 살린 번역이라 할 수 있을까?"

이에 대해 이 책의 저자는, "백선희는 텍스트의 여백과 저자의 침묵 역시 번역자가 존중해야 할 부분이라고 말한다. 저자가 의도적으로 침묵하고자 하는 부분에서 역자는 저자의 그 침묵을 존중할 줄 알아야 한다는 것이다."라고 친절한 설명을 덧붙인다.

여기까지는 중간자의 입장에서 둘의 번역관을 공정하게 비교해주는 듯했다. 그러나 저자는 이어서, "원문에 대한 충실성이냐 텍스트의 심리적 의미에 대한 충실성이냐, 사이에서 고난도의 줄타기를 하는 것이 잘하는 번역이라고 본다"라는 자신의 번역관을 피력한다. 그는 급기야 자신은 "가독성을 중시하는 번역자의 손을 들어주고 싶다"고까지 한다. 그러나 사실 저 말에는 커다란 오해가 있다.

원문에 대한 충실한 번역과 가독성은 결코 따로 가는 것이 아니기 때문이다. 이미 작가가 가독성을 높이기 위해 자신이 할 수 있는 모든 능력을 기울여 만든 것이 바로 원문의 문장이기 때문이다. 그렇다면, 원문에 가장 충실한 번역이 가장 가독성이 높을 것은 두말할 필요가 없는 것이다. 따라서 가독성의 중시 여부가 잘된 번역과 그렇지 않은 번역을 가르는 기준이 될 수는 없다는 이야기가 된다. 극단적으로 말하면, 가독성이 떨어진다면 그건 바로, 이미 '번역이 잘못되었다'는 방증인 셈이다. 필경에 가독성의 문제도 작가가 쓴 그대로 '제대로 번역을 해냈느냐 못했느냐', 즉 '직역'의 문제로 좁혀진다는 이야기다.

그런데 서사는 이런 말도 덧붙인다.

'번역자들 사이에 충실성과 가독성을 두고 성향이 갈라진다면, 독자들 또한 성향이 다양하리라고 추정할 수 있다. 그러므로 다양한 번역이 나와야 한다.'

일견 타당한 말인 것 같다. 그러나 나는 그렇게 생각하지 않는다. 어떻게 원문은 하나인데 다양한 번역이 가능할 수 있다는 말일까? 실제 모든 번역은 정확한 번역 하나를 향해가는 지난한 과정이다. 그것이 힘들기 때문에 여러 번역이 쏟아져 나오는 것이지, 독자들의 취향을 위해 다양한 번역이 나와야 하는 것은 아닐 터이다. 그것은 앞뒤가 바뀐 것이다.

저자는 '모두가 개인 취향이고 그 취향을 전부 인정할 수 있어야 한다'고 결론짓고 있지만 실상 그 주장은 맥이 풀리는 것이다. 어떤 번역, 누구의 주장도 개인 취향이라고 말해버리고 나면 이와 같은 논쟁조차 무슨 의미가 있을 터인가?

결국 이 책의 저자 역시 이세욱 씨와 마찬가지로 '의역론자'였던 셈이다. 물론 제법 오래전 나온 책이니 지금까지 그런 것인지는 알 수 없겠지만…….

5. 22.

어제 읽은 책의 내용이 떠올라 편집장에게 백선희 씨를 수소문하도록 했다. 한번 만나보고 번역 이야기를 나누어보고 싶었고, 여건이 된다면 번역을 의뢰하고 싶었기 때문이다.

IV

나는 그렇게 해서 매우 중요한 두 번째 사실을 알게 되었습니다. 그의 고향 행성이 기껏해야 집 한 채 크기에 지나지 않는다는 사실 말입니다!

그것이 내게는 크게 놀랄 일은 아니었습니다. 나는 지구나, 목성, 화성, 금성처럼 우리가 이름 붙인 큰 별들 외에, 또 다른 수백 개의 별들이 있다는 것을 알고 있었고, 그것들 가운데는 때때로 너무 작아서 망원경으로도 보기 힘든 것이 있었기 때문입니다. 한 천문학자가 그 가운데 하나를 발견하게 되면, 그것에는 아무 의미 없는 이름을 부여합니다. 예를 들어 '소행성 325'라 부르는 것이죠.

나는 어린 왕자가 떠나온 별이 소행성 B612라고 믿을 만한 진지한 이유들을 가지고 있습니다. 이 소행성은 1909년, 터키 천문학자에 의해, 망원경으로 단 한 번 관측되었을 뿐입니다. 그는 그때 국제 천문 총회에서 그의 발견에 대해서 중대한 논증을 펼쳤습니다. 그러나 그의 복장 때문에 누구도 그의 말을 믿으려 하지 않았습니다. 어른들은 그렇답니다.

다행히도 소행성 B612의 명성을 위해, 그의 국민들에게는 사형제를 시행한, 터키의 한 독재자가, 유럽풍으로 옷을 입도록 했습니다. 그 천문학자는 1920년, 매우 우아한 차림으로 그의 논증을 다시 하게 되었습니다. 그리고 이번에는 모든 사람들이 그의 견해를 받아들였던 것입니다.

이처럼 내가 여러분에게 그 소행성 B612에 관해 상세히 말하고 그것의 번호를 털어놓은 이유는 어른들 때문입니다. 어른들은 계산하기를 좋아합니다. 여러분이 그들에게 새로운 친구에 관해 말할 때, 그네들은 본질적 문제에 관해선 결코 묻지 않습니다. 그네들은 결코 이렇게 말하지 않는 것이죠. "그애 목소리 톤은 어떠니? 그애가 좋아하는 게임은 뭐니? 그애는 나비를 수집하니?" 그네들은 여러분에게 이렇게 물을 겁니다. "그애 나이는 몇 살이니? 형제는 몇 명이니? 몸무게는 얼마니? 아버지 수입은 얼마나 되니?" 단지 그것만으로 그를 알았다고 믿는 것이죠. 만약 여러분이 그 어른들에게, "나는 장미 넝쿨 담장이 있는 예쁜 집을 봤어. 창가에 제라늄 화분이 있고, 지붕에는 비둘기집이 있는…" 이라고 해도, 그네들은 그 집의 이미지를 떠올리지 못할 겁니다. 그들에게는 이렇게 말해야만 하죠. "나는 십만 프랑 싸리 집을 봤어." 그때서야 그네들은 소리칠 거예요. "정말 멋지구나!"

그러니, 만약 여러분이 그네들에게, "어린 왕자가 존재했다는 증거는 그가 매혹적으로 웃었고 양 한 마리를 원했다는 거야. 누군가 양 한 마리를 원할 때면, 그것이 누군가 존재했다는 증거지."라고 한다면, 그네들은 자신들의 어깨를 으쓱해 보이고는 여러분을 어린애 취급할 거예요! 하지만 만약 그네들에게 "그가 떠나온 그 별이 소행성 B612야."라고 하면 그때는 납득하고, 여러분을 그들의 질문으로부터 혼자 있게 내버려 둘 거예요. 그네들은 그와 같아요. 그들을 원망해서는 안 돼요. 아이들은 어른들에게 정말 관대해야만 하는 거예요.

하지만, 물론, 삶을 이해하는 우리는, 계산 같은 것들을 우습게 여겨야 해요! 나는 이 이야기를 동화처럼 시작하는 게 좋았을지 모르겠어요. 이처럼 말하는 게 좋았을 거란 거죠. "옛날 옛적에 자신보다 조금 더 큰 것에 불과한 어느 별에 살면서, 친구가 필요했던 어린 왕자가 있었습니다…" 삶을 이해하는 이들에게는 그것이 훨씬 더 사실적으로 여겨졌을 테죠.

왜냐하면 나는 누군가 내 책을 가볍게 읽는 걸 좋아하지 않기 때문이에요. 이 기억들을 말하는 데 나는 너무 큰 슬픔을 겪었죠. 내 친구가 그의 양과 함께 떠난 지도 벌써 6년이 흘렀네요. 내가 이것을 여기에 묘사하려 애쓰는 것은 그것을 잊지 않기 위해서예요. 친구를 잊는다는 것은 슬픈 일이죠. 모든 사람들이 친구를 가지고 있는 것도 아니랍니다. 그리고 나 또한 계산하는 것 말고는 흥미를 느끼지 못하는 어른처럼 되어 버린 것인지도 모르죠. 그것이 심지어 나로 하여금 화구 상자와 연필을 사게 한 것이고 말입니다. 보아뱀의 안쪽과 바깥쪽을 그렸던 여섯 살 이후 결코 어떠한 시도도 해본 적 없는 내가, 이 나이에, 다시 그림으로 돌아가야 한다니! 나는, 물론, 가능한 실물과 닮게 그리기 위해 노력할 것입니다. 하지만 내가 성공할 거라고 확신할 수는 없습니다. 그림 하나는 괜찮은데, 다른 것은 더 이상 닮지 않았을 수도 있겠죠. 나는 크기에서도 얼마간 실수를 저지를 수 있습니다. 여기서 어린 왕자는 너무 크고. 저기서는 너무 작고. 나는 그의 옷 색깔에 대해서도 망설여집니다. 그래서 나는 이렇게 저렇게 여러모로 모색해 보는 것입니다. 나는 마지막으로 가장 중요한 디테일에서 실수할 수도 있습니다. 하지만 그렇더라도, 나를 용서해 주길 바랍니다. 내 친구는 결코 설명해 주지 않았거든요. 그는 아마 나를 자기처럼 생각했던 것 같습니다. 하지만 나는, 불행히도, 그 상자 속의 양을 보지 못했습니다. 아마 내가 좀더 어른 같아서였을 테죠. 나는 늙었던 것 같습니다.

「이번 장은 높임말로 시작하네요?」

4장 번역을 읽고 소담 씨가 메시지를 보내왔다.

「전체적으로 주어가 vous라 그렇게 했어요.」

「네, 그런데 다른 역자분들은 전부 낮춤말로 하고 있던
데….」

「봤어요. 앞서도 이야기했지만 역자들이 앞뒤 서술어를 임

의로 일괄하려다 보니 생긴 문제 같아요^^; 이상한가요?」

「아니요. 이상하지 않았습니다. 이 자체로 좋습니다ㅎ」

「다행이네요. 고마워요. 항상 힘이 됩니다^^ 조금이라도 이
상한 곳은 더 없었나요?」

「사실은 Quand un astronome découvre l'une d'elles, il lui
donne pour nom un zéro. 문장에서 un zéro를 어떻게 해석해
야 할지 학교에서도 의견이 분분했거든요. 저희 교수님도 저
걸 '숫자'로 보았구요. 찾아보니 다른 역자분들도 모두 숫자, 번
호로 해놨더군요. '이름 대신 번호를 붙여준다'라고요… 대표
님은 '그것에는 아무 의미 없는 이름을 부여합니다.'로 하셨네
요.」

「그래요. 아마 저도 『이방인』을 번역해보지 않았으면 다른
역자들처럼 했을지도 모르겠어요^^」

「네? 『이방인』에도 같은 맥락이 나오나요?」

「글쎄요, 같다고는 할 수 없지만… 뫼르소가 새판을 받으면
서, 정작 피고인 자신을 소외시키고 자기들끼리 하는 법정에
대해 이런 독백을 해요. "Moi, j'ai pensé que c'était m'écarter
encore de l'affaire, me réduire à zéro et, en un certain sens,
se substituer à moi." 번역하면, "나는 그것이 나를 이 사건에

서 더욱 멀어지게 하고, 나를 zéro로 만들어버리고, 어떤 의미에서는 나를 대체시킨다고 생각했다." 다시 말해서, 여기서 zéro는 '제로로 만든다, 없는 듯 취급한다'가 될 테죠.」

「아, 그러네요.」

「무엇보다, zéro 그 자체를 '숫자'나 '번호'로 옮길 수는 없다는 거예요. 영어로는 '제로zero'구요. 그냥 그 자체로 숫자고 번호인 거죠. 불어로 번호, 숫자는 numéro예요. 영어로 '넘버number'. 더군다나 이 장에서만도 '번호'라는 의미의 numéro는 여러 번 쓰이고 있어요. 따라서 여기서의 zéro도 단순하고 보편적인 원래의 의미인 '없음'이에요. 별다른 의미가 없다는 뜻이죠.」

「아……」

「생텍쥐페리는 이 문장을 통해 중요한 건, 별이라는 그 본질이지, 그것에 붙여진 표면적인 이름이 아니라는 걸 말하고 싶었던 거예요. 아이들에게 숫자는 중요하지 않은 거라는 걸 다시 한번 확인시켜주고 있는 셈이죠. 물론 어른들은 그렇게 숫자가 붙어야 중요한 줄 안다고 에둘러 비꼬면서.」

「놀랍네요.『어린 왕자』에 이런 비밀이 숨겨 있었다니…」

「그래요. 번역을 하다 보니,『어린 왕자』의 비밀은 여전히 현재진행형인 것 같아요. 혹시 소담 씨는 저 뒤에 붙은 'Il l'appelle par exemple: ≪ l'astéroïde 325.≫' 문장 속의 'l'astéroïde 325.'의 비밀은 알고 계시나요?」

「아, 그건 대표님이 제대로 해놓으신 거 같아서 아무 말씀 안 드렸어요.」

「그래요. 소행성 325라는 저 말은 사실 여러 버전이 있죠. 숫자가 4개로 말이에요. 3251이라구.」

「맞아요. 저도 세계 각국의 여러 버전을 가지고 있는데 대부분 3251로 되어 있어요. 그래서 사람들이 오해했고.」

「그래요. 그런데 저것이 325가 맞다는 것은 미국의 박물관에 있는 원본에 그렇게 되어 있다는 걸로 정리되어 있는 거죠.」

「거기까지는 잘 몰랐어요.」

「예, 전문가들 사이에서는 그렇게 정리가 된 모양이에요. 하지만 저 역시 그 원본을 보지 못했고, 학자들의 그린 말을 백 퍼센트 믿어서 저렇게 한 건 아니에요. 내가 가지고 있는, 원본이라고 믿는 그 책이 저렇게 되어 있어서 그대로 한 것이지.」

「……?」

「무슨 소리인가 하면, 나는 언젠가부터 '번역' 관련해서는 정말 내가 눈으로 본 게 아니라면, 아무것도 믿지 않아요. 누군가에 의해 번역되어 우리에게 읽히고 있는 건 번역자의 의식을 통해 한번 걸러진 때문이죠. 번역이 되면서 '의역'되고 왜곡되었을 가능성이 무척 높기 때문이에요. 우리의 번역이 그렇더군요. 건방지게 들리겠지만 내가 보기엔 그래요. 거의 직역이 되어 있지 않다는 말이기도 해요.」

「무슨 말씀인지 알 듯 말 듯 합니다.」

「앞의 zéro에서 보듯, 역자의 사고로 인해 기본적으로 원래 의미가 변질될 수도 있는데 그걸 다시 인용해서 평론가 학자들이 글을 쓸 수도 있다는 것이죠. 의도되지 않은 가짜 뉴스 같은 것일 수도 있다는 이야기예요.」

「아, 이제 알겠습니다!」

6.5.

실제로 어른들도 아이들에게 많이 배운다. 아니 어른들은 항상 자신들이 가르친다고 생각하고 있지만 은연중에 아이들로부터 더 많이 배우고 있는 것인지도 모른다. 단지 그걸 인정하고 싶지 않은 것일는지도······.

『어린 왕자』 5장을 번역하고 나자 그런 생각이 문득 들었다.

V

매일 나는 별과, 출발과, 여행에 대해 조금씩 알게 되었다. 그것은 매우 천천히, 생각하는 중에 우연히 다가온 것이었다. 그렇게 해서 3일째 되는 날, 나는 바오바브나무의 참극을 알게 되었다.

이번에도 다시 양 덕택이었는데, 갑자기 어린 왕자가 중대한 의혹처럼 내게 물어왔기 때문이다.

"그건 사실이겠지, 그렇지 않아? 양이 떨기나무들을 먹는다는 것 말이야?"

"그럼, 그건 사실이지."

"아! 기뻐라!"

나는 양이 떨기나무들을 먹는다는 것이 왜 그렇게 중요한 것인지 이해할 수 없었다. 그러나 어린 왕자는 덧붙였다.

"그렇다면 그들은 바오바브나무도 먹겠지?"

나는 어린 왕자에게 바오바브나무는 떨기나무도 아니지만, 성당처럼 큰 나무여서, 코끼리떼를 데리고 가도, 그 떼들이 바오바브나무 한 그루를 해치우지도 못할 거라고 지적했다.

코끼리떼라는 착상이 어린 왕자를 웃게 만들었다.

"그럼 그걸 차곡차곡 쌓아 두어야만 되겠네……."

하지만 그는 사려 깊게 지적했다.

"바오바브나무도, 크게 자라기 전에는, 작게 시작하잖아."

"그렇구나! 그런데 너는 왜 양이 작은 바오바브나무를 먹길 원하니?"

그는 내게 너무나 자명한 이치라는 듯이 대답했다. "아이 참! 생각해 봐!" 나는 어쩔 수 없이 혼자서 이 문제를 풀기 위해 온통 머리를 짜내야 했다.

그리고 실제로, 어린 왕자의 별에는, 다른 모든 별에 있는 것처럼, 좋은 풀들과 나쁜 풀들이 있었다. 따라서, 좋은 풀들로부터 좋은 씨앗이, 나쁜 풀들로부터 나쁜 씨앗이 생겼다. 하지만 씨앗들은 보이지 않는다. 그들은 깨어나려는 욕망에 사로잡히기 전까지 땅속에서 비밀스럽게 잠을 잔다. 그러고 나서 기지개를 켜고, 태양을 향해 처음에는 소심하게, 아무런 해를 끼치지 않는 매혹적인 어린싹을 내미는 것이다. 만약 그것이 무의 싹이거나 장미나무의 어린싹이라면, 그것이 원하는 대로 자라도록 할 수 있을 것이다. 그러나 그것이 나쁜 식물의 싹이라면, 그것을 알아차리자마자,

즉시 뿌리째 뽑아 버려야 하는 것이다. 또한 어린 왕자의 별에는 끔찍한 씨앗들이 있는데… 그것은 바오바브나무 씨앗들이었다. 그 별의 토양은 황폐해졌다. 또한 바오바브나무는, 만약 우리가 너무 늦게 처리하면 결코 제거할 수 없게 된다. 별 전체가 엉망이 된다. 그것은 자신의 뿌리로 구멍을 낸다. 그리하여 만약 별이 너무 작고, 바오바브나무가 너무 많다면, 별은 산산조각이 나는 것이다.

"그건 규율의 문제거든." 어린 왕자는 후에 내게 덧붙여 말했다. "아침을 맞을 단장을 끝마치고 나면, 별도 주의 깊게 단장을 해주어야만 하는 거야. 바오바브나무는 너무 어릴

88

때는 장미나무와 비슷하기 때문에, 차이가 나는 순간부터 규칙적으로 뿌리째 뽑아 주어야만 하는 거야. 그건 정말 번거로운 일이지만, 무척 쉬운 일이기도 해.”

그리고 하루는 내게 아름다운 그림 한 장을 그려서, 우리 집 아이들의 머리에 인식될 수 있도록 하라고 조언했다. “만약 그들이 어느 날 여행을 한다면,” 그가 말했다. “그게 그들에게 도움을 줄 거야. 가끔은 자신이 할 일을 더 미루더라도 위험이 없을 때도 있어. 하지만, 바오바브나무의 경우에는, 그건 언제나 참사로 이어지는 거야. 나는 게으른 남자가 사는 별 하나를 알아. 그는 떨기나무 세 개를 소홀히 했었어…….”

그리하여, 어린 왕자의 지시에 따라, 나는 그 별을 그렸다. 나는 도덕주의자인 양 하는 것을 거의 좋아하지 않는다. 그러나 바오바브나무의 위험성이 거의 알려지지 않았고, 길을 잃고 소행성에 들어가게 된다면 상당한 위험성이 있기에, 이번 한 번만은, 내 판단을 예외로 한다. 나는 말한다. “어린이 여러분! 바오바브나무를 조심하세요!” 내가 이 그림에 그토록 힘을 들인 것은, 오래전부터 나처럼, 멋모르고 지나쳤던 그 위험을 내 친구들에게 알려 주기 위해서이다. 내게

주어진 그 권고는 그만큼 수고할 가치가 있었다. 당신은 어쩌면 물을 것이다. 왜 이 책 속에는, 바오바브나무처럼 거창한 그림은 없는 건가요? 대답은 아주 단순하다. 나는 애를 썼지만 성공할 수 없었다. 바오바브나무를 그릴 때 나는 긴급한 마음에 고무되어 있었던 것이다.

번역을 넘기고 외출했다 돌아오자, 소담 씨의 메시지가 와 있었다.

「이 번역으로 읽으니, 어른들이 아이에게 배운다는 말이 실감되네요^^ 사람들은 왜 지금껏 이런 걸 몰랐을까요?」

나는 뒤늦게 그에 답했다.

「번역자가 어른들이어서가 아니었을까요?^^」

그러자 바로 회신이 왔다.

「아, 들어오셨군요. 내용은 문제없는 듯합니다ㅎㅎ」

「고마워요. 사실은 좀 어려운 장이었어요.」

「그러셨을 거 같아요. 그 사이 다른 분들 번역 찾아보았는데 많이 다르더라구요.」

「어느 점이?」

「콕 집어서 뭐라 하긴 힘든데… 이런 부분.」

"바오바브나무도, 크게 자라기 전에는, 작게 시작하잖아."

"그렇구나! 그런데 너는 왜 양이 작은 바오바브나무를 먹길 원하니?"

대표님은 이렇게 하셨는데 다른 분은 이렇게 되어 있더군요.

"커다란 바오밥나무도 자라기 전엔 조그맣게 돋아나지?"

"그렇긴 하지. 하지만 왜 양이 작은 바오밥나무를 먹겠어?"

라고요.」

「무슨 차이일까요?」

「'그렇지'라고 인정하는 것과 '그렇긴 하지'라고 가르치듯 하는 것은 완전히 다른 거니까요… 뒤의 번역도 그렇고 무엇보다 보통 어른들이 아이에게 가르치는 듯하고 있다고나 할까요. 그런데 대표님 번역은 정반대 느낌이구요. 어른이 아이의 말에 진지하게 동의해주고 있다는… 완전히 다른 이야길 하고 있는 거 같습니다^^;」

「역시, 소담 씨ㅎㅎ 잘 보셨어요. 그래야 둘이 나이를 떠나 정말 친구가 될 수 있고 대화가 되는 것이니까요.」

「넵ㅎㅎ」

6.8.

　김훈 작가의 책을 제법 읽었었다. 『풍경과 상처』가 필두였다. 세상이 그의 문장을 이야기해서 사본 책이지만 내게는 쉽게 읽히는 문장이 아니었다. 그럼에도 기자로서의 영웅담(?) 때문에 그는 언제나 내 관심권 안에 있었다. 마침내 소설 『칼의 노래』를 접하고, 그의 문장이 제대로 작품을 만났다고 생각했다. 재미있었다. 그리고 『남한산성』, 『칼의 노래』보다는 조금 떨어졌지만 역시 재미있었다. 역사소설로는 전혀 어울릴 것 같지 않은 문체가 오히려 낯설어서 빛을 발하는 것 같았다. 같은 문체에 비슷한 주제를 담은 것이다. 그의 팬이 되었다. 그런데 다시 찾아 읽은 『현의 노래』는 도저히 책장이 넘어가지 않았다. 이건 뭐지? 그랬는데 그때쯤, 작가는 어떤 내용을 어떻게 써야 잘 팔린다고 속단한 것일까? 『흑산』이 학고재에서 나왔다. 시대는 달랐지만, 자전거를 타고 '비장하게' 절두산 성지를 오가며 썼다는 역사소설이었다. 그런데 이제 그런 유의 그분 소설도 읽기가 버거워졌다. 독자 리뷰는 찬사 일색이지만, 나는 끝까지 읽을 수가 없었다.

　그리고 출판사를 옮겨가서 낸 첫 책이 『공무도하』였다. 제목은 역시 '역사' 속에서 건져왔지만, 현대판 소설로, 주인공이 기자였던 것으로 기억한다. 거기까지였다. 내가 김훈을 더 이상 읽지 않게 된 것은. 이후 몇 권의 소설이 더해진 것을 알았지만 더 이상 그의 책은 예전같이 팔리지 않을 것이다, 라는 게 내 출판 감각이었다. 문체는 탁월한 게 사실이지만 이제 소설이 가져야 할 소설의 서사성이 사라지고 없었다. 그의 소설이 통할 수 있었던 것은 '역사'가 이미 가지고 있는 서사성 때문이었는데 그게 없는 상황에서는 그냥 사변적인 이야기가 되어버리기 때문이 아닐까? 안타까운 일이다.

아무튼 우리 출판이 이렇게 어렵게 된 이유 중 하나를 나는 언론과 해당 출판사(그것을 보고 따라 하는 서점)의 과도한 의미 부여 때문이라고 생각한다. 우리는 소위 '유명 작가'의 책이라고 하면 일단은 '냄비'처럼 끓이고 본다. 스스로도 크게 재미있거나, 새로워 보이지 않는데, 그건 뒷전, 일단은 취재 경쟁에서 혹은 판매 경쟁에서 뒤처지지 않기 위해 갖은 의미를 부여한다. 그러한 밀과 말들이 모여 어느 날 그분의 신작은, 그게 태작이든 어쨌든 그 시점 최고의 '문학'이 된다. 그런데 정말 그 내용이 '최고'가 아니라면 문제는 그때부터 시작되는 것이다.

독자들은 솔직하다. 잠깐은 끓어오를지 모르지만, 전 언론과 서점의 엠디들이 최고의 '문학'이라고 인정해주어서 큰맘 먹고 산 것인데, 이번에도 다시 또 '최고'가 아니라면 그 독자는 또 한동안 자신과 책은 맞지 않는 것 같다고 흥미를 잃게 될 것이다.

내 얘기는, 그것이 김훈의 책이든, 공지영, 조정래의 책이든, 김진명의 책이든, 저 무명의 신인 작가 책이든, 그것이 언제나 최고일 수도 없고 수준 이하일 수도 없는 것이니, 딱 그 내용만큼만, 딱 그만큼만, 기사화되고 홍보되고 팔렸으면 좋겠다는 것이다.

그래야 이름 없는 신인에게도, 대형 작가와 함께하고 있지 못한 작은 출판사에게도 그나마 기회가 열릴 것이니.

그러한 가운데 베스트셀러도 만들어지고, 그 순위를 보고 독자는 정말 재미있는 책을 골라 읽고, 독서에 흥미를 느껴 다시 다른 책을 사보게 될 것이고, 더불어 그러한 베스트셀러를 쓰기 위해 무명의 작가도 희망을 품고 시간과 정력을 투자하게 될 테고, 다시 그래야, 비록 크게 돈 없고 빽 없는 출판사라해도 저러한 '베스트셀러'를 낼 수 있는 기회가 얼마든지 열려 있다는 생각에, 오로지 좋은 책을 만드는 데에만 정력을 다하지 않겠는가 하는 생각.

6.9.

백선희 번역가 사무실 방문. 번역에 대해 이야기를 나누었다. 그분이 생각하는 번역과 내가 생각하는 번역과도 얼마간 차이가 있었다. 나중에 생각해보니 그분에게 내가 주장하는 직역의 의미가 어쩌면 '단어의 일대일 갈아 끼우기'쯤으로 여겨진 것은 아닐까 하는 생각이 들었다. 어쨌건 그쯤 되면 길게 토론할 문제는 아니었다. 나는 그분의 번역관을 존중했고, 따라서 번역서 계약을 진행했다. 모파상의 『여자의 일생』을 번역하기로 하였다.

6.14.

VI

아! 어린 왕자여, 나는 그렇게 네 쓸쓸한 작은 삶을 점차 이해하게 되었다. 네게는 오랜 시간 해지는 석양의 부드러움 말고는 기분 전환 삼을 것이 없었을 테다. 나는 이 새로운 사실을 네가 말했던, 넷째 날 아침에야 알게 되었다.

"나는 해 지는 석양이 좋아. 해 지는 석양을 보러 가."

"하지만 그건 기다려야 하는데……."

"무얼 기다려?"

"해가 질 때까지 기다려야 해."

너는 처음에 무척 놀란 것 같더니, 혼자 웃었다. 그러곤 내게 말했다.

"난 여전히 내가 우리 집에 있는 줄 알았어!"

사실이었다. 미국이 정오일 때, 해는, 세상이 다 알고 있듯, 프랑스에서는 저문다. 일 분 안에 프랑스로 갈 수 있다면 해지는 석양을 보는 게 충분히 가능했을 테다. 불행히도 프랑스는 너무 멀리 떨어져 있었다. 하지만 네 그 작은 별에서, 너는 네 작은 의자를 조금만 옮기는 것으로도 충분했을 테다. 그래서 너는 네가 원할 때면 언제든 석양을 보았던 것이고.

"어느 날은 해가 저무는 걸 마흔네 번이나 봤어!"

그리고 조금 후에 너는 덧붙였다.

"있잖아… 너무 슬플 때는 누구라도 해 지는 석양이 좋아져……."

"마흔네 번 그걸 보던 그날 그러니까 너는 그렇게 슬펐던 거니?"

하지만 어린 왕자는 대답하지 않았다.

나는 6장 원고를 넘기면서 소담 씨에게 말했다.

「의역에 익숙한 우리는 번역에서 대명사를 만나면 그것을 풀어 쓰는 경향이 있어요. 그러나 작가가 그렇게 대명사로 대신한 데는 그만한 이유가 반드시 있는 거예요. 나는 작가의 문체를 위해서도 그러하거니와 오역을 막기 위해서라도 대명사는 반드시 대명사로 받아야 한다고 생각해요.

예컨대, 본문 중에 'Tu sais… quand on est tellement triste on aime les couchers de soleil…'라는 문장이 나와요. 어찌 번역하는 게 좋을까요? 가장 잘된 번역으로 알려진 번역서 는, '아저씨도 알 거야……. 그렇게도 슬플 때는 누구나 해가 저무는 게 보고 싶지.'라고 되어 있더군요. 문장 자체가 문법 에도 맞지 않지만, 무엇보다 이 작품 어디에도 '아저씨(oncle, monsieur)'라는 말은 나오지 않아요. 그런데, 역자는 당연한 듯 아저씨라는 호칭을 사용하고 있는 거죠. 작품 속 인물이 우 리 시각으로 보면 '아저씨'일 가능성이 높지만 작가가 그렇게 쓰지 않은 이상은 역자 역시 그렇게 의역하면 안 된다는 거죠. 실제로 '어린 왕자'의 언어가 아니라는 거지요. 내가 저것을 '당 신'으로 한 것은 그래서예요. 실상 어린 왕자의 나이는 지구적 관점으로 따질 수 있는 것도 아니구 말이에요.」

「아, 전혀 의식하지 못했어요.」

6.17.

글을 빨리 쓴다는 것, 번역을 빨리 한다는 것이 결코 자랑 거리일 수 없다. 한껏 고뇌해서 됐다 싶어서 남에게 보이자 시큰둥한 표정이다. 외국어를 알고 모르고를 떠나 읽는 이가 시큰둥하다면 거의 90% 틀린 번역이다. 틀고 앉아 다시 보니, 아니나 다를까 전혀 다른 의미이다. 그때는 왜 그렇게 보였던 것일까? 이미 있는 문장과 마주하는 일이지만 수없는 미스터리와 마주하는 일이 곧 번역이다.

특히 번역은, 내가 어렵다면 남들에게도 어려운 것이다. 한 문장 한 문장이 가지 않은(아니 가지 못한!) 길을 내주는 작업이 아닐까?

정확히 번역해놓고 대조해보면, 정말 별것 아닌 것 같지만, 실은 몇 날 며칠을 고뇌해도 풀리지 않는 문장이 있다. 그것이 풀렸다고 여겨지는 순간 갖게 되는, 카타르시스는 작가가 단편소설 하나를 끝냈을 때 느끼는 그 쾌감에 절대 뒤지지 않는다.

번역은 정말 매력 있는 작업이다. 한 문맥 때문에 어제 오늘, 새벽 시간 전부를 투자했다.

전혀 아깝지 않은 시간이었다.

6.18.

나는 내 번역'만'이 옳다고 주장하려는 것이 아니다.

내가 '옳다'가 아니라, 그들이 '틀렸다'고 말하고 있는 것이다. 틀린 걸 틀렸다고 하는데, 왜 그것을 '과도한 비판'이니, 평생 번역한 분들을 '모독하는 것'이니 하는지 정말 모르겠다.

한마디로 나는 세계인의 문화적 유산을 제대로 읽고 싶은 것이다. 우리 아이들에게도 제대로 된 고전을 읽히고 싶은 것뿐이다.

왜 세계적인 고전들이 원어민들 사이에서는 교훈과 감동을 주어 독서를 권장하는데, 우리에게는 어렵고 따분하기만 한 걸까? 그 지루함이 문화적 차이 때문이라고?

세상에 저 재미있는 『이방인』을 무슨 철학서처럼 포장해서 수십 년을 읽혀온 게 실제 우리 번역이었다. 주인공의 난해한 행동들이 '실존주의'를 의미한다면서. 정작 작가인 카뮈조차 그게 아니라고 하는데⋯⋯.

정말 뫼르소의 행위가 난해했나? 그는 단지 엄마를 누구보다 사랑했던, 그러나 거짓말은 하고 싶지 않았던 조금 남다른 사내였을 뿐인데⋯⋯.

『어린 왕자』 번역을 하다 보니 잊혀졌던 기억들이 무시로 떠오른다.

VII

다섯째 날, 언제나 그렇듯 양 덕택에, 어린 왕자 삶의 그 비밀이 내게 들추어졌다. 그는 아무런 전조도 없이, 침묵 속에서 오랜 시간 심사숙고한 문제의 성과인 것처럼 갑작스럽게 물었다.

"양이 만일 떨기나무를 먹는다면, 꽃 또한 먹지 않을까?"

"양은 눈에 띄는 어떤 것이든 먹지."

"가시 있는 꽃까지도?"

"그래, 가시 있는 꽃이라 해도."

"그러면 가시는, 그것들은 무슨 쓸모가 있어?"

나는 알지 못했다. 그때 나는 엔진에 조여 있는 볼트를 풀기 위해 매우 바빴다. 나는 고장이 매우 심각하다는 것이 드러나기 시작하면서 마실 물이 동나는 최악의 상황을 우려하고 있었다.

"가시는, 그것들은 무슨 쓸모가 있어?"

어린 왕자는 한번 물은 질문은 결코 포기하는 법이 없었다. 나는 볼트 때문에 분개하고 있어서 되는대로 대답했다.

"가시는, 쓸모없는 거야, 꽃들이 괜히 심술부리는 거야!"

"아!"

그러나 잠시 침묵 후에 그는 적개심 같은 것을 가지고 내게 소리를 질렀다.

"나는 당신을 믿을 수 없어! 꽃은 약한 생물이야. 그네들은 순진해. 그네들은 할 수 있는 최선을 다해 자신들을 안심시키는 거라고. 그네들은 자신들의 가시가 무시무시한 거라고 믿고 있는 거라고……."

나는 대답하지 않았다. 그 순간 나는 생각했다. '만약 이 볼트가 여전히 버티면, 망치로 때려 봐야겠는걸.' 어린 왕자가 다시 내 깊은 생각을 흐트러뜨렸다.

"그리고 당신은 믿잖아, 당신은, 그 꽃들이……."

"아니야! 그렇지 않아! 나는 어떤 것도 믿지 않아! 내가 뭐라고 대답해야 할지 모르겠구나. 나는 바쁘단다, 내게는, 진지한 문제야!"

그는 깜짝 놀라서 나를 바라보았다.

"진지한 문제라고!"

그는 나를 보았는데, 내 손에는 망치가 들려 있었고, 손가락은 기름으로 검어진 채, 그에게는 매우 지저분해 보일 물체에 몸을 숙이고 있었다.

"당신도 어른들처럼 말하네!"

그것은 나를 조금 부끄럽게 만들었다. 그렇지만, 그는 가차 없이 더했다.

"당신은 모든 것을 혼동하고 있어… 당신은 모든 것을 뒤죽 박죽으로 만들고 있다구!"

그는 정말 몹시 화가 나 있었다. 그는 온통 황금빛인 머리칼 을 공기 중에 흔들었다.

"내가 아는 별 하나에 붉은 안색의 신사 한 사람이 있었어. 그 사람은 꽃향기도 맡아 본 적이 없어. 그 사람은 별을 바 라본 적이 없어. 그 사람은 결코 누구도 사랑하지 않았어. 숫자를 더하는 것 말고는 결코 아무것도 하지 않았어. 그리 고 온종일 당신처럼 되풀이해서 말했어. '나는 진지한 사람 이다! 나는 진지한 사람이다!' 그리고 그것은 자부심으로 그 를 우쭐하게 만들었어. 하지만 그건 사람이 아니라, 버섯이 야!"

"뭐라고?"

"버섯이라구!"

어린 왕자는 이제 화가 나서 창백해져 있었다.

"수백만 년 동안 꽃들은 가시를 지니고 있었어. 수백만 년

104

동안 양들은 여전히 꽃들을 먹어 왔고. 그런데 그 꽃이 결코 아무 쓸모도 없는 가시를 키우기 위해 그렇게 큰 수고를 하는 이유를 이해하려고 노력하는 것은 진지하지 않다는 거야? 양과 꽃들 사이의 그 전쟁이 중요하지 않다는 거야? 이것이 살찐 붉은 얼굴의 신사가 하는 덧셈보다 덜 중요하고 진지하지 않다는 거야? 그리고 만약 내가 알고 있는, 세상에 유일한 꽃인, 내 별 말고는 어디서도 존재하지 않는 그것을, 어느 날 아침, 아무것도 모르는 작은 양 한 마리가 와서 단번에 없앨 수도 있는데, 그것이 중요하지 않다는 거야!"

그는 상기되어, 다시 시작했다.

"만약 누군가 수백만 개의 별들 가운데 유일하게 존재하는 꽃 한 송이를 사랑한다면, 그는 그것들을 바라보는 것만으로도 충분히 행복할 거야. 그는 자신에게 말할 거야. '내 꽃이 저기 어딘가에 있어…' 그런데 만약 양이 그 꽃을 먹어버린다면, 마치 그에게는, 한순간에, 모든 별들이 존재하지 않게 되는 거야! 그것이 중요하지 않다고!"

그는 더 이상 말을 잇지 못했다. 갑작스레 울음이 터져 나왔던 것이다. 밤이 내려앉았다. 나는 내 연장들을 아무렇게나

던져 버렸다. 나는 망치와 볼트에 대해, 그리고 갈증과 죽음에 대해 신경 쓰지 않기로 했다. 거기에, 하나의 별, 지구라는 내 행성에, 달래야 할 어린 왕자가 있었으니! 나는 그를 팔로 안았다. 그를 흔들었다. 나는 그에게 말했다. "네가 사랑하는 그 꽃은 위험하지 않아… 내가 네 양에게 부리망을 그려 줄게… 네 꽃을 위해 울타리도 그릴 거야… 나는……." 나는 무슨 말을 해야 할지 알지 못했다. 나는 몹시 서툴렀다. 나는 그곳에 어떻게 다다라야 할지, 어디서 만나야 할지… 알지 못했다. 그것은 그렇게도 비밀스러운, 눈물의 땅이었다.

「잘 읽었습니다. 슬프네요.」

7장을 읽고 네이트온으로 보내온 소담 씨의 첫 반응이었다. 그렇다면 번역이 그런대로 되었다는 이야기였다. 사실, 어린 왕자가 왜 저 어른의 말에 화를 내는지, 그리고 이 어른은 왜 '당신도 어른처럼 말한다'라는 말에 부끄러워지는지, 왜 이 어른이 '꽃을 무시하는 듯한 발언에 화를 내는지가 제대로 느껴지지 않으면, 어린 왕자가 자기 별을 떠나 지구별까지 온 이유를 알 수 없게 되기 때문이다. 내가 물었다.

「소담 씨는 어린 왕자가 왜 지구별에 왔는지 생각해봤나요?」

「글쎄요. 여러 별을 다니다 지리학자의 말을 듣고 온 거 아닌가요?」

「내 물음이 잘못되었네요^^; 그럼 이렇게 물어볼게요. 어린 왕자는 왜 자기 별을 떠났을까요?」

「……? 자기 별이 싫어져서 아닐까요? 또 다른 별을 돌아보고 견문을 넓히고 싶어서…」

「그럼 나중에 왜 돌아가려 할까요? 이제 견문을 다 쌓아서? 여행이 지겨워져서?」

「……? 그러고 보니 한마디로 정리하기가 쉽지 않네요.」

「그래요. 우리는 어쩌면 『어린 왕자』를 읽으면서 각 장을 별도로 두고 그 속에 나오는 멋진 문장들만 즐겨왔던 건지도 모르겠어요. 물론 그것도 중요하지만, 더 중요한 건…… 내가 뒤늦게 『어린 왕자』가 뭔가 논리적이지 않다고 느꼈던 건, 어느 번역서를 봐도 꽃의 이미지가 명료하지 않아서였어요. 별로 멋지지도 않았고, 고집스럽고, 허세가 심하고, 어린 왕자에게 심술이나 부리는 여자처럼 의인화되어 있었다고나 할까요? 뭐 그럴 수도 있겠죠. 꽃이라고 전부 아름다워야만 하는 건 아닐 테니 말이에요. 그런데 정말 그게 다였다면 어린 왕자는 왜 그 꽃을 그렇게 그리워하고 간절히 돌아가려는 걸까요?…」

「그러고 보니 그렇기도 하네요.」

「이번 장부터, 첫줄에 쓰인 바대로 그 비밀이 드러나기 시작하는 거예요. 그런데 그것을 역자가 잘못 이해하고 번역하면 어떤 사태가 벌어질까요? 그 비밀이 과연 밝혀지긴 할까요?」

「아… 그랬군요. 사실 저도 원서도 보고, 다른 번역서를 여러 번 봤지만 이 대목에서 별 느낌 없었어요. 오히려 어린 왕자가 왜 이렇게 흥분하는 걸까 싶기도 했었으니까요. 그런데 그런 까닭이 있었군요?」

6.20.

실상 번역 관련 이야기를 하고 나면 마음이 불편해진다. 어쨌든 남이 힘들게 한 작업을 흠잡는 일이니, 덩달아 내 스스로 옹졸해지는 것 같기 때문이다.

그러나 우리 번역 문제는 정말이지 심각하다. 당연히 내가 본 책의 양은 한계가 있겠지만, 적어도 내가 비교해본 고전 가운데 끝까지 직역에 충실했던 책은 하나도 없었다. 내가 이상한 걸까 싶어서 가끔 나는 내가 보기에 이상한 부분을, 마치 내가 번역한 듯이 써서 원본과 함께 소담 씨에게 보여주곤 했는데, 그러면 그녀는 손쉽게 오역 부분을 짚어냈다.

거꾸로 그런 간단치 않은 부분을 긴 시간 고민해 번역해서 주면, 짧은 시간에 대조를 해서 문제없다는 사인을 보내오기도 했다. 직역은 역자에게는 시간이 걸리는 작업이지만, 그게 누구라도 원문과 번역문을 비교해보는 데는 시간이 걸릴 게 없기 때문이다. 어떤 단어를 어떤 의미로 해석했는지를 한눈에 알 수 있거니와 번역문이 문법적으로 문제가 있는지 없는지 또한 금방 확인이 가능하기 때문이다.

이렇듯, 역자가 하고자 하면 모든 문장은 반드시 직역으로 번역이 된다. 그 직역된 문장이 의역된 문장보다 잘 읽히리라는 건 두말할 필요가 없고, 다만 시간이 걸릴 뿐이다.

그렇다는 것은 사실, 한때 소담 씨 자신이 대학에서 텍스트 삼아 공부까지 했던 작품인데도, 당시에는 그것이 틀렸다는 것을 전혀 인식하지 못했다는 데서 확인할 수 있다. 그 말은 곧 우리의 번역은 눈으로 텍스트를 보면서 의미가 이해되면, 원래의 서술 구조를 무시한 채 역자 임의로 문장을 만드는 데 익숙해 있다는 방증일 테다.

문학작품의 문장은 쉼표 하나까지 반드시 그 이유가 있는 것이다. 역자가 작가의 숨소리조차 놓치지 않으려 노력하는 것은 너무나 당연한 일이다.

6.22.

VIII

나는 머지않아 이 꽃에 대해 더 잘 알게 되었다. 어린 왕자의 별에서 꽃들은 항상 매우 소박해서, 홑꽃잎으로 단장하고, 공간을 차지하지 않았으며, 누구와도 문제를 일으키지 않았다. 그네들은 어느 날 아침 풀 속에서 나타났고, 밤이면 시들었다. 그러나 한번은, 아무도 모르는 곳으로부터 날아온 씨앗에서 싹이 텄고, 어린 왕자는 다른 잔가지들과는 닮지 않은 이 잔가지를 매우 유심히 지켜보게 되었다. 그것은 새로운 종류의 비오비브나무일 수 있었던 것이다. 그러나 그 관목은 머지않아 성장을 멈추더니, 꽃 피울 준비를 시작했다. 어린 왕자는, 큰 꽃망울이 잡히는 것을 주의 깊게 살피면서, 기적이 발생하기 직전이라는 걸 느꼈지만, 그 꽃은 녹색의 방에서 아름다움을 위한 준비를 끝마칠 줄 몰랐다. 그녀는 주의 깊게 자신의 색깔을 골랐다. 그녀는 천천히 옷을 차려입고, 하나하나씩 꽃잎을 정돈했다. 그녀는 개양귀비처럼 헝클어진 채 나오고 싶지 않았던 것이다. 그녀는 오로지 그녀의 아름다움이 완전히 빛을 발할 때 나서길 원했다. 오! 과연! 그녀는 매우 요염했다! 그녀의 비밀스러운 단장은 그러고도 여러 날 지속되었다. 그러던 어느 날 아침, 정확히 해 뜨는 시각에, 그녀가 모습을 드러냈다.

그리고 그녀는, 그렇듯 꼼꼼하게 공을 들였음에도, 하품을 하며 말했다.

"아! 저는 이제 막 깨어났어요… 죄송해요…
여전히 전부 헝클어져 있네요……."

어린 왕자는, 그러나, 감탄을
억제할 수 없었다.

"당신은 정말 아름답군요!"

"그렇죠," 꽃이 살며시 대답했다.

"저는 해와 동시에 태어났거든요……."

어린 왕자는 그녀가 크게 겸손하지 않다는 사실을 충분히 짐작했지만, 그러나 그녀는 얼마나 감동적인가!

"지금쯤이면, 제 생각엔… 아침 식사 시간 같은데…" 그녀

111

는 곧 덧붙였다. "저를 위해 친절을 베풀어 주실 수 있으실
지……."
어린 왕자는, 완전히 당황해서, 신선한 물이 담긴 물뿌리개
를 찾아, 꽃을 대접했다.

그처럼 그녀는 오래지 않아 조금 까다로운 자만심으로 그를
들볶았다. 예를 들어 하루는, 그녀의 네 개의 가시에 대해
말하는 가운데 어린 왕자에게 말했다.
"그들이 올 거예요, 호랑이들이요, 발톱을 가진!"
"내 별에는 호랑이들이 없어요…" 어린 왕자가 반박했다.
"그리고 호랑이들은 풀을 먹지 않아요."

"나는 풀이 아니에요." 꽃이 부드럽게 대답했다.

"미안해요……."

"나는 호랑이는 전혀 겁나지 않아요, 하지만 외풍은 무서워요. 당신에게 바람막이는 없나요?"

'외풍이 무섭다니… 식물로서는 운이 없구나,' 어린 왕자는 알아챘다. '이 꽃은 정말 까다로운 존재구나.'

"밤에는 저를 유리구 안에 넣어 주세요. 당신 별은 너무 춥네요. 자리를 잘못 잡은 거 같아요. 내가 온 그곳은……."

하지만 그녀는 자신의 말을 멈추었다. 그녀는 씨의 형태로 왔다. 그녀는 다른 세계를 경험할 수 없었던 것이다. 그러한 순진한 거짓말을 꾸며서 한 게 창피했는지, 그녀는 그 잘못을 어린 왕자에게 떠넘기기 위해 두어 번 기침을 했다.

"바람막이는요?…"

"찾으러 가려는데, 당신이 내게 말을 걸었잖아요!"

그러자 그녀는 다시 그에게 죄책감을 가하기 위해 억지로 기침을 했다.

<figure>

</figure>

그리하여 어린 왕자는, 좋아하는 선의의 마음에도 불구하고, 오래지 않아 그녀를 의심하게 되었다. 그는 사소한 말을 심각하게 받아들였고, 매우 불행하게 되었던 것이다.

"나는 그녀의 말을 듣지 말았어야 했어." 그는 어느 날 내게 털어놓았다. "꽃들의 말을 들으면 절대 안 돼. 그냥 바라보고 향기만 맡으면 되는 거였어. 내 꽃은 내 별을 향기롭게 해주었는데, 즐기는 방법을 몰랐던 거야. 그렇게 신경 쓰게 한 발톱 이야기는, 측은하게 여겼어야 했는데……"

게다가 그는 내게 털어놓았다.

"사실 나는 어떤 것도 이해하지 못했던 거야! 나는 말이 아니라 행동으로 그녀를 판단해야만 했는데. 그녀는 나를 향기롭게 하고 빛나게 했어. 나는 결코 그녀로부터 달아나지 말았어야 해. 나는 그녀의 가여운 속임수 뒤에 숨어 있는 다정함을 꿰뚫어 봤어야 했어. 꽃들은 그렇게 모순적이야! 하지만 나는 그녀를 사랑하는 법을 알기엔 너무 어렸어."

이 장의 번역을 마치고 나자 조금 숙연해졌다. 어린 왕자의 말이 계속해서 귓전에 남았다.

'모든 어른들은 처음에는 아이였습니다.' 생텍쥐페리가 이 책 서두에 한 말이 이제 이해되었다. 너무나 당연한 말이지만 우리는 나이가 들면서 이 같은 사실을 까마득히 잊고 살아간다. 문득문득, '나이가 중요한 게 아닌데…' 자책하면서 말이다.

어느 날 어린 왕자 앞에 화사한 모습으로 나타난 꽃은 사실 처음에는 어린 왕자의 '아이'나 다름없는 존재였다. 씨앗이 움틀 때부터 어린 왕자가 가꾸어 온 것이니 말이다. 우리에게 어린 왕자가 '꼬마'이고 '아이'이듯 꽃은 어린 왕자에게 처음에는 '아이'였던 것이다. 그 아이는 처음에 자기만의 언어로 세상과 대화하려 한다. 우리 아이들이 그러하고, 우리가 아이였을 때 그러했듯이.

그럼에도 둘은 이 장에서 서로에게 높임말을 쓴다. 어린 왕자가 비행기 조종사인 '나'에게 처음에 말을 높였다가 나중에는 낮추는 것과 비교되기도 하는 것이다. 이 존대와 하대는 결코 역자인 내가 구분한 게 아니다. 저자가 그렇게 쓴 것이다.

아무튼 꽃은 자라면서 끊임없이 '어린 왕자'를 귀찮게 한다. 그 '아이'의 언어를 작가는 이렇게 표현하고 있는 셈이다. 바로 일상적으로 겪는 어른과 아이의 대화인 것이다. 장미는 꽃의 입장에서 솔직하게 이야기한 것인데, 어린 왕자는 자기도 모르게 무의식적으로 세상을 다 아는 '어른'의 모습으로 답변하고 있는 것이다.

어린 왕자는 그때까지 그것을 인식하지 못하고, 꽃이 말도 안 되는 거짓말을 하고 귀찮게 한다고 의심하는 것이다. 한마디로 결코 꽃이 무리한 부탁을 했거나, 정말 말도 안 되는 이야기를 했던 게 아님에도 그렇다. 꽃의 입장에서는 충분히 할 수 있는 말들, 우리가 아이였을 때 어른들에게 그랬듯이 말이다.

새벽녘 일어나 8장을 끝냈을 때는 8시가 다 되어 있었다. 보통 같았으면 출근을 서둘렀을 테지만, 나는 뒤가 궁금해서 그럴 수 없었다. 이제 어린 왕자는 꽃과 어떻게 될까가 궁금했던 것이다. 물론 눈으로 보는 것과 있는 그대로의 문장을 살려내보는 것은 전혀 다른 느낌이 된다. 나는 출근을 미룰 생각으로 다음 장을 붙들고 앉았다.

IX

나는 그가 야생의 철새떼들의 이동을 이용해 그의 별을 빠져나왔으리라고 믿는다. 떠나던 날 아침에 그는 차례차례 별을 정리했다. 그는 자신의 활화산들을 주의 깊게 청소했다. 그는 두 개의 활화산을 가지고 있었다. 그리고 그것들은 아침 식사를 덥히는 데 매우 편리했다. 그는 또한 사화산도 하나 가지고 있었다. 그러나 그의 말처럼 "결코 누구도 모르는 일이다!" 그래서 그는 사화산 또한 청소했다. 만약 잘 청소하면, 화산들은 폭발하는 법 없이, 천천히 그리고

꾸준히 타오를 것이다. 화산 폭발은 굴뚝의 불길과 같다. 당연히 우리의 땅에서 우리는 화산을 청소하기엔 너무 작다. 그것이 우리에게 그렇게 많은 곤란을 가져오는 이유이다.

어린 왕자는 또한 조금 슬퍼하며, 바오바브나무의 마지막 새싹을 뽑았다. 그는 결코 돌아오지 않게 되리라고 생각했던 것이다. 그러나 이 모든 친숙한 일들이 그에게, 그 어슴새벽에, 더할 수 없이 정겨웠다. 그리고 마지막으로 꽃에게 물을 주고, 유리구를 씌워 줄 준비를 할 때, 그는 스스로 울고 싶다는 충동을 느꼈다.

"잘 있어." 그는 꽃에게 말했다.

그러나 그녀는 대답하지 않았다.

"잘 있어." 그는 되풀이했다.

꽃이 기침을 했다. 그러나 그것은 감기 때문은 아니었다.

"내가 어리석었어." 그녀는 마침내 말했다. "용서해. 꼭 행복해야 해."

그는 비난이 없는 것에 놀랐다. 그는 몹시 당황하여 유리구를 공중에 든 채로, 잠깐 동안 멈춰 서 있었다. 그는 이 조용한 부드러움을 이해할 수 없었다.

"그렇지만, 음, 그래, 나는 당신을 사랑해." 꽃이 말했다.

"당신은 몰랐을 거야, 내 잘못이지. 그건 중요치 않아. 그러나 당신도 나처럼 바보였어. 꼭 행복해야 해. 유리구는 완전히 치워 줄래. 나는 더 이상 그것을 원치 않아."

"하지만 바람이……."

"그렇게 춥지 않아… 차가운 밤공기가 내게 좋을 거야. 나는 꽃이니까."

"하지만 동물들이……."

"만약 나비를 보길 원한다면 두세 마리 애벌레 정도는 견뎌 내야겠지. 그것은 무척 아름다울 거야. 그렇지 않으면 누가 나를 찾아와 주겠어? 당신은 멀리 있을 테고. 큰 동물들은 전혀 두렵지 않아. 나는 가시를 가지고 있거든."

그러면서 그녀는 천진난만하게 가시 네 개를 보여 주었다.

그러고 나서 그녀가 덧붙였다.

"그렇게 지체하지 마. 성가셔. 당신은 떠나기로 결정했잖아.
어서, 가!"

왜냐하면 그녀는 자신의 우는 모습을 그에게 보여 주고 싶
지 않았기 때문이다. 그렇게 자존심 강한 꽃이었다……

6.23.

「너무 슬퍼요ㅜㅜㅜ 이제 왜 어린 왕자가 비행기 조종사의 말
에 그렇게 화를 냈는지도 알 것 같아요. 가시는 꽃에게 있어서
정말 자신의 몸을 지키고자 하는 유일한 무기였군요. 어떻게
이런 '꽃'이 100년이 지나도록 우리 독자들에게는 '까다롭고,
거짓말 잘하고, 앙탈스러운' '여자'로 인식되어왔던 걸까요? 이
제 원래 '꽃'의 이미지를 찾아줄 수 있어서 정말 기쁩니다…」

『어린 왕자』 8, 9장을 함께 읽고 보내온 소담 씨의 소감에
나는 적당한 말이 떠오르지 않아 한동안 답을 하지 못했다.
평소처럼 농담도 나오지 않았다. 나는 뭔가를 입력하다 몇 번
을 지웠다. 그 모든 말들이 마치 내가 어른처럼 그녀에게 가르
치려드는 것처럼 여겨졌기 때문이다. 나는 결국, ^^;라는 문자

와 이모티콘만 찍어 보냈다.

그러자 그녀도 이모티콘을 보내왔고 우리는 더 이상 작품에 대해서는 의견을 나누지 않았다. 누구의 번역이 어떻게 잘 못되었더라는 따위 말을 할 수는 없었던 것이다.

6.25.

오랜만에 『이방인』 번역서의 현황이 궁금해서 인터넷 서점에 들어가니, 별 하나에 새로운 악플이 또 여럿 달려 있었다.

가장 위에 올려 있는 것이 이 번역서는 프랑스 학회로부터 '가루가 되도록 까였다'는 내용의 글이었다. 『이방인』 출간 초기 '뫼르소는 단지 태양 때문에 총을 쏜 게 아니다.'라는 내 주장에 대해 누군가 프랑스 카뮈 학회 회원 중 누구에게 페이스북을 통해 물었다는 것인데, 그 물음이나, 답도 불어를 아는 사람이 보기엔 대단히 모호했건만, 질문자는 그것의 화면을 캡처해 마치 내 번역이 엉터리라고 답한 것처럼 꾸며 소문을 냈고, 불어를 모르는 독자들은 정말 그런가 보다 하고 받아들였던 것이다. '가루가 되도록 까였다'고 쓴 이는 아마 뒤늦게 그 글을 보았거나, 혹은 그런 글을 퍼트린 당사자 중의 하나일

121

수 있었다.

실상 당시에는 '이정서 번역'을 까는 효과로 다른 번역서가 종합 베스트셀러 순위에 오르는 기현상이 벌어지기도 했다. 어쨌든 언론의 엄청난 조명을 받고 사람들 입에 오르내리면서 카뮈의 『이방인』이 다시 조명을 받았기 때문이다. 해묵은 고전 한 권에 대한 사회적 관심이 그렇게 클 수 있었다니… 다시 생각해도 놀랄 만한 일이었지만, 당시에는 관련 기사만 나와도 클릭 수가 엄청나니 한 신문사는 매일이다시피 나를 두고 가십성 기사를 써댔다. 출판사 사장이 자기 번역서를 '팔아먹기 위해' 우리 사회의 명망 있는 번역가의 번역을 트집 잡고 있다며, 전형적인 노이즈 마케팅이다, 라는 식이었다. 당연히 속을 모르는 독자들은 분노했고, 수없는 악플이 달렸다.

상식적으로 생각해도 그 말이 얼마나 허무맹랑한 말인지 알 수 있었을 텐데, 언론은 도대체 왜 그랬던 것일까? 프랑스 학회에서 우리말 번역서 한 권을 두고 번역이 잘되었다 못되었다를 논하고, 한글도 모르는 그들이 내 번역이 엉터리라고 했다고? 정말 그랬다면 그건 대한민국의 이정서라는 '듣보잡' 하나를 세계적 학자 이상으로 평가했다는 이야기인데, 그게 가당키나 한 일일까?

그런데 그런 선동이 먹히던 게 우리 사회였다. 기실, 노이즈 마케팅이라고 한다면 바로 그들이 하고 있던 셈은 아니었을까?

6.26.

편집 회의 시간에 편집장이 『어린 왕자』 번역을 연재해보면 어떻겠느냐는 의견을 냈다. 그간의 내 번역을 읽어온 모양이었다.

"저도 괜찮을 것 같습니다." 소담 씨도 동의했다. 어쩌면 이미 둘이 입을 맞추었을지도 모르는 일이었다. 편집장이 말했다.

"『이방인』 번역의 명예 회복을 위해서도 필요하지 않을까요?"

이방인 번역 연재 과정을 누구보다 잘 아는 편집장이었기에 처음에 내가 다시 번역 이야기를 했을 때는 우려를 표했었다. 그런 그녀가 앞서 번역된 『어린 왕자』를 보고는 생각이 달라진 모양이었다. 분명히 『어린 왕자』는 『이방인』과 달랐다. 일단 정확한 번역을 떠나 누구라도 쉽고 재미있게 읽힐 수 있는 강점이 있었다. 전개도 한 장 한 장이 시처럼 간결하고 완결미를 갖추고 있어 보기에 따라서는 최상의 연재물이었다. 그러나 나는 섣불리 그 자리에서 그러자는 말을 하지 못했다.

"이미 9장까지 번역을 마치셨으니, 연재를 시작해도 무리가 없지 않을까요?" 편집장의 이어진 그 말에 생각해보자고 하고 회의 주제를 넘겼다.

이후 하루 종일 그 문제로 고민했다.

6.27.

아침에 출근해서 편집장과 네이트온으로 대화했다.

「Je crois que je vous comprends.를 편집장이라면 어찌 번역하시겠어요?」

「글쎄요. 저는 불어를 잘 모르지만, '나는 이해합니다' 정도 되지 않을까요?」

「맞아요. 영어로도 있는 그대로 직역하면 I think I understand you.쯤이 될 거예요.」

「아, 『이방인』 문장이군요?」

「기억하시네요. 그래요. 그때 저것을 기존 번역자가 '무슨 소린지 잘 알겠습니다.'라고 번역을 해두었길래, 저기서는 그렇게

124

의역해서는 안 되고, 우리말 '이해한다'가 되어야 한다고 했다가 난리가 났었죠. 번역에 무슨 답이 있냐고… 미친놈이라는 조롱도 들었구 말이에요.」

「네, 기억납니다.」

「저것을 저 역자처럼 번역하면 아주 자연스러워 보이는 게 사실이에요. 그러나 문학작품의 경우 번역을 할 때는 저렇게 의역하면 전체 맥락이 틀려질 수 있다는 거죠. 저 문맥은 그야말로 '이해한다comprends'를 말하기 위함이었으니까요. 저것이 저렇게 한번 쓰이고 마는 것이라면 어찌 번역하든 의미만 통하면 되었을 거예요. 그러나 소설은 그런 게 아니죠. 작가가 저렇게 수위의 입을 빌려 저 단어를 콕 집어 말하게 한 이유가 반드시 뒤와 연결되기 때문이에요. 사실 'comprends'는 『이방인』이라는 작품의 중요한 소재였던 거죠. 저것을 저렇게 풀어써서는 절대 안 되는 이유가 거기에 있었던 거예요.」

「알고 있습니다.」

「왜 이런 말을 다시 하냐 하면, 전체 번역을 마치지 않은 상태에서 연재를 하게 되면 저런 것들을 충분히 설명해 낼 수 없더라는 거예요. 이전에도 보았듯, 내가 저것을 그냥 '이해합니다'라고 번역해야 한다고 하자, 꼭 그래야 하는 이유가 뭐냐?

125

라는 댓글이 달렸지만 그 시점에서는 명확히 답변할 근거가 없었던 거예요. 그게 다시 같은 의미로 쓰이리라는 보장도 없었고, 더군다나 전체 번역을 끝내보지 않은 이상 그것을 '이해한다'로 직역해야만 한다는 확신을 가질 수도 없는 것이었으니까요.」

「……?」

「그래서… 편집장 제안을 생각해봤는데 역시 연재는 하지 않는 게 좋겠다고 생각했어요.」

「아, 잘 알겠습니다. 이해합니다~^^;」

「ㅎㅎ 넵」

6.28.

『어린 왕자』 10장은 자기 별을 떠난 어린 왕자가 처음으로 찾은 다른 별에 관한 이야기다. 거기엔 우주를 다스린다는 왕이 살고 있다. 다른 장에 비해 긴 편이다. 번역을 마쳐 읽어보라고 건넨 뒤, 한참 후에 소담 씨가 메시지를 보내왔다.

「재미있습니다^^ 그런데 저는, "무슨 장관이냐?"고 하면 'quoi'가 먼저 나올 것 같은데요. 지금까지 어린 왕자의 말투로

봐서요. "De… de la justice!"도 좀 이상하구요?」

「무슨 소리죠?」

「두 문장은 평소 대표님의 번역 소신과는 좀 다른 것 같아서요. 물론 틀렸다고도 볼 수 없지만… 직역은 아닌 듯해서…^^」

「……?」

나는 소담 씨가 지금 무슨 소리를 하나 했다. 나는 저것을 "무슨 장관이죠?" "음, 법무장관이다!"라고 번역했었는데 그게 직역이 아닌 것 같다는 이야기였다.

「그리고… 어린 왕자가 '법무장관'이라는 말을 저렇게 쉽게 이해 하는 것도 제게는 좀 이상하게 느껴져요…」

그제서야 나는 그녀가 무슨 소리를 하고 싶은 것인지 이해했다. 가만히 보니 그랬다. 'justice'만으로는 '장관'이 될 수 없다. 또 평생을 자기 별에서 혼자 살아온 어린 왕자가 저렇든 보통 '어른'처럼 말할 수는 없을 것 같았다.

「고마워요. 다시 볼게요.」

나는 소담 씨와 대화를 마치곤 『어린 왕자』 10장을 다시 들여다보기 시작했다.

X

그는 소행성 325, 326, 327, 328, 329, 그리고 330 일대에 있었다. 그는 따라서 일자리를 찾고 견문을 넓히기 위해 그것들을 방문하기 시작했다.

첫 번째 별에는 왕이 살고 있었다. 왕은 보랏빛 임금 옷을 입고, 단순하면서도 웅장한 옥좌에 앉아 있었다.

"오! 신하로구나." 왕이 어린 왕자를 발견하곤 소리를 질렀다.

그리고 어린 왕자는 의아하게 생각했다.

'어떻게 그는 나를 알아볼까, 이전에 나를 결코 본 적이 없을 텐데!'

그는 몰랐던 것이다, 왕에게 있어서, 세상은 몹시 단순화되어 있다는 것을. 모든 사람이 신하인 것이다.

"내게 가까이 오라, 내가 너를 더 잘 볼 수 있도록," 마침내 누군가의 왕이 되었다는 자부심을 느낀 왕이 그에게 말했다.

어린 왕자는 앉을 곳을 찾기 위해 둘러보았지만, 별은 왕의 멋진 망토로 인해 혼잡했다. 그는 선 채로 머물렀고, 그리고, 피곤했기 때문에, 하품을 했다.

"왕이 있는 곳에서 하품을 하는 것은 예의에 반하는 것이다." 군주가 말했다. "나는 네게 그것을 금하노라."

"제 자신도 못하게 할 수가 없네요." 어린 왕자가 몹시 당황해서 말했다. "긴 시간 여행을 해왔고 한숨도 못 잤거든요……."

"그렇다면," 그에게 왕이 말했다. "나는 네게 하품을 할 것을 명하노라. 나는 아주 오랫동안 누구도 하품하는 것을 보지 못했다. 하품은 내게 호기심의 대상이다. 어서! 다시 하품을 하라. 이것은 명이다."

"그것이 저를 두렵게 해서… 더 이상 하품이 나오게 할 수가 없어요……." 어린 왕자가 몹시 얼굴을 붉혔다.

"흠! 흠!" 왕이 대꾸했다.

"그렇다면 나는… 나는 네게 명하노라, 때때로 하품을 하고 때때로는……."

그는 작게 신음소리를 냈는데, 기분이 상한 듯 보였다.

왜냐하면 왕이 기본적으로 바라는 것은 그의 권위를 존 중 받는 것이기 때문이었다. 그는 거역하는 것을 용인하지 못 했다. 그는 절대 군주였다. 하지만, 그는 매우 선한 사람이 었기에, 분별 있는 명을 내렸다.

"만약 내가 명했다면," 그가 거침없이 말했다. "만약 내가 장군에게 갈매기로 변하라고 명했고, 그리고 만약 그 장군 이 따르지 못했다 하더라도, 그것은 장군의 잘못이 아니다. 그것은 나의 잘못인 것이다."

"앉아도 되나요?" 어린 왕자가 머뭇거리며 물었다.

"나는 네게 앉을 것을 명하노라." 왕이 그에게 답하며, 자신 의 망토 한 자락을 위풍당당하게 거두어들였다.

하지만 어린 왕자는 의아했다. 그 별은 작았다. 대체 이 왕 이 통치한다는 것이 무엇일까?

"폐하," 그가 말했다. "죄송하지만 제가 당신께 질문해도 되 나요……."

"나는 너에게 질문할 것을 명하노라." 왕이 서둘러 말했다.

"폐하… 당신이 통치하는 것은 무엇인가요?"

"전부지." 왕은 극히 단순하게 말했다.

"전부요?"

왕은 그의 행성과, 또 다른 행성과 별들을 가리키는 시늉을 했다.

"저것 전부요?" 어린 왕자가 말했다.

"저것 전부……." 왕이 대답했다.

사실은 단지 절대 군주였을 뿐만 아니라 우주의 군주였던 셈이다.

"그러면 저 별들이 당신에게 복종하나요?"

"물론이지." 왕이 말했다.

"그들은 즉각적으로 복종한다. 나는 불복종을 허용하지 않는다."

그런 힘은 어린 왕자의 경탄을 자아냈다. 만약 자신이 그럴 수 있었다면, 마흔네 번이 아니라 일흔두 번, 심지어 백 번, 이백 번도, 같은 날 일몰을 볼 수 있었을 테니, 결코 자신의 의자를 끌어당길 필요도 없이! 그리고 그는 버려진 그의 작은 별에 대한 기억으로 조금 슬픔을 느꼈기에, 대담하게 왕에게 한 가지 청을 했다.

"저는 석양을 보길 원해요… 저를 행복하게 해주세요… 해가 지도록 명해 주세요……."

"만약 내가 한 장군에게 나비처럼 이 꽃에서 저 꽃으로 날

아다니라고 명하거나, 또는 비극적인 드라마를 써 오라거나, 혹은 갈매기로 변해 보라 했는데, 만약 그 장군이 받은 명을 시행하지 않는다면, 그와 나 가운데 누가 잘못한 것이겠느냐?"

"당신이겠죠." 어린 왕자는 확고하게 대답했다.

"옳도다. 누구든 각자가 수행할 수 있는 것을 요구해야 한다." 왕이 답했다. "권위는 우선적으로 이성 위에 세워져야 한다. 만약 네가 네 백성들에게 바다로 가서 몸을 던지라고 한다면, 그들은 혁명을 일으킬 것이다. 내 명은 이성적이기에 따를 것을 요구할 권리를 가지는 것이다."

"그러면 제 석양은요?" 한번 물은 질문은 결코 잊는 법이 없는 어린 왕자가 다시 물었다.

"네 석양을, 너는 보게 될 것이다. 나는 요구할 것이다. 하지만 나는 내 통치술에 따라 조건이 양호해질 때까지 기다릴 테다."

"그것이 언제인가요?" 어린 왕자가 물었다.

"흠! 흠!" 우선적으로 큰 달력을 살핀 왕이 대답했다. "흠! 흠! 그것은 대략… 대략… 그것은 오늘 저녁 7시 40분경이 되겠군! 그리고 너는 내가 명했을 때 보게 될 게다."

어린 왕자는 하품을 했다. 그는 볼 수 있을 법했던 그의 석양이 아쉬웠다. 그러고 나서 그는 이미 좀 지루해졌다.

"저는 여기서 더 이상 할 일이 없네요." 그는 왕에게 말했다. "저는 다시 출발해야겠어요!"

"떠나지 말거라." 신하를 갖게 되어 매우 자랑스러웠던 왕이 대꾸했다. "떠나지 말거라, 나는 너를 장관으로 삼겠다."

"장관이라고요?"

"음… 재판을 하는!"

"하지만 여기는 재판할 사람도 없는데요!"

"누구도 모르는 일이다." 왕이 그에게 말했다. "나는 아직까지 내 왕국을 돌아보지 못했다. 나는 너무 늙었고, 마차를 위한 공간도 없고, 그리고 걷는 것은 나를 피곤하게 하지."

"아, 하지만 제가 이미 봤어요," 그 별의 다른 쪽을 다시 한 번 보기 위해 시선을 던졌던 어린 왕자가 말했다. 거기에도 역시 아무도 없었는데…….

"너는 그러면 네 자신을 재판하거라." 왕이 대답했다. "그것이 무엇보다 가장 힘든 일이다. 남을 재판하는 것보다 자신을 재판하는 일은 정말 힘든 일이다. 만약 네가 너 자신을 올바로 재판하는 데 성공한다면, 너는 참으로 현명한 사람이다.”

“저는…” 어린 왕자가 말했다. “저는 아무 데서나 제 자신을 재판할 수 있어요. 제가 여기서 살 필요까지는 없어요.”

“흠! 흠!” 왕이 말했다. “나는 내 별 어딘가에 늙은 쥐가 있다고 믿는다. 밤에 그것의 소리를 들었거든. 너는 그 늙은 쥐를 재판할 수 있을 게다. 너는 때때로 사형을 선고할 수도 있을 게다. 그러니까 그의 삶은 네 판단에 의존하게 되는 거지. 하지만 너는 그때마다 그를 지키기 위해 특별사면을 내려야 하겠지. 이곳의 유일한 것이니.”

“저는…” 어린 왕자는 대답했다. “저는 사형을 선고하는 걸 좋아하지 않아요. 그리고 이제 제가 떠나는 게 좋겠다고 믿어져요.”

“안 된다.” 왕이 말했다.

하지만 어린 왕자는, 떠날 채비를 끝냈지만, 늙은 군주가 괴로워하게 되는 점이 생기는 걸 원치 않았다. “만약 만인의 폐하께서 어김없이 복종하길 원하신다면, 제게 이성적인 명을 내려주시면 돼요. 제게 명하시는 거예요, 예컨대, 일 분 안에 떠나라고. 그것은 제게 적절한 조건으로 여겨져요.”

왕이 답을 하지 않았기에, 어린 왕자는 우선 주저하다가,

한숨을 쉬고, 출발했다.

"나는 너를 대사로 임명하노라." 그때 왕이 급하게 소리쳤다.

잔뜩 권위 있는 태도였다.

'어른들은 정말 이상해.' 어린 왕자는 여행 중에 혼자 생각했다.

나는 이미 마쳤다고 생각한 그 원고를 다시 끌어안고 꼬박이틀을 보냈다. 그러자 정말 놓치고 지나간 또 다른 것들까지 보이기 시작했다. 그것이 고쳐지면서 다른 곳도 거기에 맞게 쓰여져 있는 게 당연한 것이어서였을 테다. 마침내 새벽에 끝낸 원고를 출근해서 소담 씨에게 보냈고, 그녀는 번역 원고를 읽고 짧은 답신을 보내왔다.

「좋습니다ㅎㅎ」

그제서야 안심이 되었다.

「소담 씨가 지적해줘서 정말 좋아진 거 같아요. 고마워요^^」

『어린 왕자』는 보면 볼수록 다르게도 보이는 묘한 책이다.

7.3.

　월요일 아침. 출근해 컴퓨터를 켜자 네이트온 창에 소담 씨가 보낸 글이 주욱 떴다.

　안녕하세요. Y사의 『페스트』를 읽고 카뮈의 세계에 침잠하다가 선생님이 오역을 잡아주신 『이방인』을 잡은 독자입니다. 눈물을 흘릴 정도로 감동이었습니다. 선생님의 역자노트에 적힌 내용이 바로 제가 원하던 것이었기 때문이었습니다. 이전에는 세계문학을 읽으면서도 항상 의심하여 꼭 같은 출판사의 책을 고르지 않았거든요. 좋은 책을 만났습니다. 프랑스어를 배워서 원서를 읽어보고 싶어질 만큼의 독서 열정도 일어났습니다. 부탁드리고 싶은 것은, 선생님께서 꼭 『페스트』도 번역을 해주셨으면 하는 것입니다. 물론 다른 세계문학도 부탁드립니다. 그렇지 않으면 제가 외국어와 문화를 배워야 하는 지난한 시간이 필요합니다. 그 시간을 이길 자신이 없습니다. 꼭 부탁드립니다.

「뭐죠?」
「메일로 온 독자 편지입니다ㅎㅎ」
「고마운 글이네요.」

「대표님 번역하시기 힘들어하시는 것 같아서… 비타민 같은 응원글이요^^」

「ㅎㅎ 항상 고마워요.」

「그런데 카뮈의『페스트』도 번역하셔야겠는데요… ㅎㅎ」

「ㅋ벌써 교만해지려고 하네… 그러고 보니『어린 왕자』다음 장이 교만한 사람에 대한 이야기인 거 아시죠?」

「아, 벌써 그런가요?」

XI

두 번째 별에는 교만한 사람이 살고 있었다.

"아! 아! 찬미자의 방문을 받는구나!" 그는 어린 왕자를 보자마자 멀리서부터 소리를 질렀다.

왜냐하면, 교만한 사람에게는 다른 모든 사람들이 찬미자였기 때문이다.

"좋은 아침이네요." 어린 왕자가 말했다. "당신은 재미있는 모자를 쓰고 있군요."

"이건 경례를 위한 거야." 교만한 사람이 대답했다.

"내가 갈채를 받을 때 경례를 하지. 불행하게도 여기를 지나는 사람이 한 사람도 없었지만"

"아, 그래요?" 이해하지 못한 어린 왕자가 말했다.

"두 손을 서로 마주쳐 보렴." 교만한 사람이 권고했다.

어린 왕자는 두 손을 서로 마주쳤다. 교만한 사람이 겸손하게 그의 모자를 들어 올려 경례했다.

'이건 그 왕을 방문했을 때보다 훨씬 흥미로운데.' 어린 왕자는 그 자신에게 말했다. 그리고 그는 두 손을 다시 마주치기 시작했다. 교만한 사람이 그의 모자를 들어 올리며, 경례를 시작했다.

5분을 행한 후에 어린 왕자는 그 게임의 단조로움에 싫증이

났다.

"그런데, 그 모자를 내려뜨리게 하려면… 무엇을 해야 하나요?"

그러나 그 교만한 사람은 그 말을 듣지 않았다. 교만한 사람들은 결코 칭송밖에는 듣지 않는 것이다.

"너는 정말 나를 찬미하니?" 그가 어린 왕자에게 물었다.

"찬미한다는 의미가 뭔가요?"

"찬미한다는 의미는 내가 이 별에서 가장 잘생기고, 가장 옷을 잘 입고, 가장 부자이면서 지적이라는 걸 인정한다는 뜻이지."

"하지만 당신 별엔 오직 당신뿐이 없는데!"

"나를 기쁘게 해주렴. 아무튼 나를 찬미해 주렴!"

"나는 당신을 찬미해요." 어린 왕자가 어깨를 살짝 추켜세우면서 말했다. "하지만 그게 어떻게 당신의 흥미를 끄는 거죠?"

그리고 어린 왕자는 떠나갔다.

'어른들은 정말이지 이상해.' 그는 여행 중에 속으로 단순하게 생각했다.

「재밌게 읽었습니다^^ㅎㅎ 그런데 대표님이 교만한 사람은 아니시잖아요?」

「세상은 어떤 각도로 보느냐에 따라 너무 달라지는 거 같아요. 제가 『이방인』 번역을 내면서 기존 번역이 다 틀렸다고 하자, 사람들은 제게 무엇보다 '교만하다'며 돌을 던졌으니까요. 진실이냐 아니냐를 떠나 다른 한쪽의 시각으로 보면 충분히 그럴 수 있지 않았을까요? 요즘은 이런 이해심도…^^;」

「그렇긴 하네요…」

7. 4.

오역에 대한 지적, 번역 비평은 결코 특정 개인의 번역을 욕보이자는 차원의 문제가 결코 아니다. 자기 책을 팔기 위해서라고? 그건 정말이지 소경이 코끼리 다리 하나를 만져보고 전부를 상상하는 것과 다를 바 없다. 내가 『이방인』 번역이 잘못되었음을 알고 출판사 블로그에 처음 관련 글을 올리기 시작한 것은 내 번역서가 출간되기 2년 전이었다. 처음에는 당연히 번역서를 내겠다는 의도는 추호도 없었다. 내가 감히 '카뮈' 작품을 끝까지 번역하게 되리라고 상상조차 할 수 있었을 텐

가. 나는 번역가도, 학자도 아니었고, 무엇보다 한 출판사를 이
끄는 경영자였다. 외국어 실력도 실력이려니와 번역을 하고 앉
아 있을 시간적 여유도 없었던 것이다.

단지 나는 『이방인』이 잘못되었음을 깨닫고 바른 번역을 해
줄 만한 사람을 찾았고, 무엇이 어떻게 잘못되었다는 것인지
를 알리기 위해 지금 같은 번역 비평 글을 쓰기 시작했다. 나
는 그 글을 보면 누구라도 나서줄 줄 알았던 것이다. 그런데
아니었다.

와중에 나는 내가 비평하는 그분이 스스로 오역을 바로잡
겠다고 하신다면 연재를 중단하겠다는 글을 공개적으로 올리
기까지 했다. 진심이었다. 정말 나도 힘들었기 때문이다. 나는
당시 나름 성공한 사업가였고, 다른 사람에게 투자할 자본도
넉넉한 편이었다. 굳이 내가 번역서 한 권을 팔겠다고 거기에
매달릴 추호의 이유도 없었다. 제대로 해보겠다고 나서는 이
가 있다면 그분에게 투자할 생각이었다.

그런데 누구도 나서지 않았다. 결국 나는 우여곡절 끝에
2년여 만에 번역을 마치고 책을 내게 되었던 것이다. 그런데 책
을 내려니 당장 이름이 필요했다. 그때까지도 그 연재는 실제
로 '무명'으로 했기 때문이다. 그렇다고 본명을 쓸 수는 없었

다. 출판사 사장이 책을 내면서 남의 출판사 번역서에 대해 왈가불가한다면 무엇보다 독자들 보기 민망할 것 같았기 때문이다. 그래서 고른 게 '이정서'라는 이름이었다. '바르게 쓰자'는 의미도 있었지만, 앞서 출판한 소설 속 주인공 이름이기도 해서 큰 고민 없이 썼던 것이다.

편집부에서는 '우리가 읽은 『이방인』은 카뮈의 『이방인』이 아니다'라는 카피를 내걸었고, 이름 있는 학자와 유명 작가의 발문을 뒤표지에 넣기도 하였다. 책을 낼 때는 당연히 따르는 행위였다. 그런데 책이 나오자 그것을 두고 누군가가, 아니 누군가'들'이 공격을 해오기 시작했다. '출판사 사장이 자기 책을 팔기 위해 이름도 숨기고 우리 사회의 존경받는 분을 욕보이고 있다. 도덕적으로 아주 문제가 있다'는 것이 그들의 주장이었다.

기본적으로 출판도 사업이다. 사업에서 마케팅은 그 상품만큼이나 중요한 것이다. 당연히 나는 책을 낸 이상 내 번역서가 많이 팔리길 바랐다. 더불어 우리가 잘못 알고 있던 상식이 바로잡히길 바랐다. 그리하여 정상적인 홍보 활동도 했다. 그런데 누구나 하는 그런 모든 행위를 그들은 '노이즈 마케팅'이라고 몰아갔다.

〈한겨레신문〉과 〈경향신문〉이 최선두에서 여론을 이끌었다. 기사가 나오면 번역서를 냈던 출판사 직원들, 이름 있는 출판평론가들, 번역가들이 그 기사를 퍼 나르고, 그 기사를 바탕으로 새로운 말들을 만들어냈다. 이정서라는 이름은 본명과 더불어 세상의 입도마 위에 올려졌고, 천하의 둘도 없는 잡놈으로 난도질당했다.

그때, 그러한 내용을 바탕으로 꾸며진 이정서 소개 글이 나무위키라는 사이트에 올라 있다는 것도 나중에 알게 되었다. 나는 누가 조롱하듯 올린 그 글을 처음 보았을 때 부끄러워서 얼굴을 들 수 없었다. 그러곤 다시는 쳐다보지도 않았다. 삭제를 요청한다는 따위 생각도 못할 일이었다. 앞서 네이버에 올려진 터무니없는 비방글 하나를 지우려 하는데도, 그게 빌미가 되어 더 많은 비방글이 달려들었다. 나는 무시하는 것 외엔 방법이 없었다.

그랬는데 그 글은 시간이 지나서도 『이방인』과 '이정서'라는 사람을 알고 싶어 하는 사람들에 의해 수시로 소환되었다. 그렇게 그 글을 먼저 읽게 된 사람은 이정서라는 사람에 대해 당연히 선입관을 갖게 되고 이후부터는 어떤 말도 잘 믿으려 하지 않았다. 그때부터는 모든 게 변명처럼 들리기 때문이다.

XII

다음 별에는 술꾼이 살고 있었다. 이 방문은 아주 짧았지만, 어린 왕자를 깊은 쓸쓸함에 빠뜨렸다.

"여기서 뭐 하고 있어?" 빈 병과 채워진 술병 더미 앞에서 말없이 자리 잡고 있는 술꾼에게 그가 말했다.

"술 마신단다." 침울한 분위기로, 술꾼이 대답했다.

"무엇 때문에 마셔?" 어린 왕자가 물었다.

"잊기 위해서지." 술꾼이 대답했다.

"무얼 잊어?" 이미 동정심이 인 어린 왕자가 물었다.

"내가 부끄럽다는 걸 잊기 위해서지." 술꾼은 고개를 떨구며 고백했다.

"무엇이 부끄러운데?" 그를 돕길 원했던 어린 왕자가 캐물었다.

"술 마시는 게 부끄러워!" 말을 마치고 난 술꾼은 마침내 침묵했다.

그리고 어린 왕자는 난감해하며 떠났다.

'어른들은 확실히 너무 이상해.' 그는 여행 중에 혼자 말했다.

12장 번역 원고를 넘기자 잠시 후 소담 씨가 메시지를 보내왔다.

「대표님, 다른 사람 번역은 전부 어린 왕자가 존대를 하는 거로 되어 있는데요. 괜찮을까요?」

「그들이 잘못된 거예요. 이번 장에서 어린 왕자의 말투는 낮춤말이 분명해요.」

「그럴까요?」

「아시다시피 불어는 tu와 vous를 통해 높임말과 낮춤말을 명백히 구분하잖아요. 어린 왕자가 술꾼을 보고 처음에 이렇게 물어요. Que fais-tu là?(여기서 뭐 하고 있어?) 술꾼이 술을 마시고 있다고 하자, 다시 묻죠. Pourquoi bois-tu?(무엇 때문에 마셔?) 여기서 tu는 어린애가 어른에게 하는 반말 같은 거예요.」

「아, 그러네요.」

「사실 여기엔 적잖은 철학적인 의미도 담긴 듯해요.」

「무슨?」

「어른이니까 무조건 존대를 해야 한다는 동양적 사고라고 나 할까, 어른의 사고라고나 할까 아무튼 그런 일반적인 틀을 깨고 있으니 말이에요. 어찌 되었건 어린 왕자는 이 술꾼에게 처음부터 끝까지 말을 낮추고 있는 건 분명해요.」

「네, 이 작품 속에서는 아무것도 아닌 것 같았던 tu와 vous가 이런 큰 차이를 낳는군요. 알겠습니다.」

잠시 후 소담 씨가 다시 메시지를 보내왔다.

「캐서린 우즈는 이렇게 번역했군요.

"What are you doing there?" he said to the tippler, whom he found settled down in silence before a collection of empty bottles and also a collection of full bottles.

"I am drinking," replied the tippler, with a lugubrious air.

"Why are you drinking?" demanded the little prince.

"So that I may forget," replied the tippler.

대표님 번역이 맞는 것 같습니다.」

「그래요? 왜 그렇게 생각하시나요?」

「당연히 영어로는 낮춤말인지 높임말인지 구분이 안 되지만, 앞서와 달리, 여기서는 '정중한polite'이나 '겸손한modest', '죄송합니다I beg your pardon' 같은 표현도 없네요. 뉘앙스상 그런 것 같습니다.」

「ㅎㅎ 이제부터 번역을 소담 씨가 해도 될 듯요~」

「ㅋㅋ」

7.6.

사재기 관련 기사가 났다. 이제는 거의 근절된 듯했는데 누군가는 여전히 저런 일을 벌이고 있었던 모양이다.

누가 뭐래도 사재기는 범죄다. 더불어 큰 사재기일수록 작가가 모를 리 없다. 작가가 용인하지 않은 상태라면 그 인세까지 고스란히 계산해주어야 하므로 출판사로서는 거의 감당이 안 되기 때문이다. 사재기는 결국 서점의 베스트셀러 순위를 올려 다른 독자들의 눈에 잘 팔리는 책처럼 보이게 하기 위해 벌이는 행위다. 책을 알리기 위해서는 큰 홍보비가 드는데 사재기는 상대적으로 작은 비용으로 그 이상의 효과를 거둘 수 있는 것이다. 그래도 적잖은 돈과 인력이 들어가는 일인데, 도대체 저렇게 사재기를 해서 작가에게 인세까지 주고 나면 출판사는 뭐가 남을까 싶었었다. 그런데 알고 보니 작가와 협의하에 인세를 낮추는 방법이 있었던 것이다. 그런 걸 제시하는 출판사는 정말 범죄자라 하지 않을 수 없다. 책이 안 나가니, 그렇게라도 해보자고 고통 분담을 요구해오면 과연 그 제안을 거부할 수 있는 작가가 얼마나 될까? 장기적으로 시장도 죽이고 작가도 죽이는 꼴인 셈이다. 실제 시장엔 100만 부가 팔렸다고 홍보된 책이지만 정작 받은 인세는 자동차 한 대 값 수준도 안 된다고 푸념하는 작가도 있었다.

그런 점에서 번역서의 순위 조작은 훨씬 용이해 보인다. 번역은 매절로 하고 로열티는 속이면 되기 때문이다. 비용은 단지 책을 샀다 되파는 데 드는 비용만 들어가도 되기에 리스크가 훨씬 적게 드는 셈이다. 급기야 어느 곳은 보험사를 끼고 한다는 소리도 들렸다. 보험설계사가 보험 계약자들에게 선물로 주는 방식으로 책을 소화시키면서 거의 원가에 공급해주는 것이다. 그런 건 적발돼도 사재기가 아니라고 발뺌할 수도 있었던 것이다.

내가 정말 궁금한 것은, 출판을 단지 장사로 생각하는 그런 사람들이 왜 굳이 이런 일을 하는 걸까 하는 것이다. 그 좋은 머리와 배짱이라면 다른 할 일이 얼마든 있을 터인데 말이다.

7.17.

「대표님, 13장은 언제 주실 건가요?」

한번 손에서 놓자 진도가 잘 나가지 않았다.

소담 씨의 채근이 없었다면 그나마 멀어졌을지도 모른다. 곧 7월 말이고 휴가철에 들 텐데… 어쨌든 열심히 해보자.

7.21.

XIV

다섯 번째 별은 매우 호기심이 갔다. 그 모든 별들 가운데서도 가장 작았다. 그곳은 단지 가로등 하나와 가로등지기 한 명이 있기에도 빠듯한 공간이었다. 어린 왕자는 하늘 어딘가에, 집도 사람도 없는 별 하나에 가로등과 가로등지기가 무슨 소용이 있는지 이해하기 힘들었다. 그럼에도 불구하고 그는 혼자 생각했다.

'어쩌면 이 사람은 우스꽝스러운 사람일지도 몰라. 하지만 왕이나, 교만한 사람, 사업가, 그리고 술꾼보다는 덜 우스꽝스러울 거야. 적어도 그의 일은 의미가 있으니까. 그가 그의 등을 밝혔을 때 그것은 마치 하나의 꽃이나 별을 만들어 내는 것과 같아. 그가 그의 등을 끄는 것은, 꽃이나 별을 잠재우는 거야. 이건 매우 멋진 직업이야. 이건 정말 멋지기 때문에 유익한 거야.'

그는 그 별에 도착했을 때 가로등지기에게 깍듯이 인사했다.

"좋은 아침. 왜 당신은 방금 당신 등을 끈 거야?"

"그것이 지시야." 가로등지기는 대답했다. "좋은 아침."

"지시가 뭐야?"

"내 가로등을 끄라는 거지. 좋은 밤."

그리고 그는 다시 켰다.

"그런데 왜 다시 켠 거야?"

"그것이 지시라니까." 가로등지기는 대답했다.

"이해할 수 없네." 어린 왕자가 말했다.

"이해해야 할 것은 아무것도 없어." 가로등지기가 말했다.

"지시는 지시인 거야. 좋은 아침."

그리고 그는 그의 등을 껐다.

그러고 나서 그는 붉은 격자무늬 손수건으로 이마를 닦았다.

"나는 곤란한 일을 이어가고 있지. 한때는 합리적이었어. 나는 아침이면 불을 껐고, 저녁이면 불을 켰었어. 낮의 나머지는 휴식을 취했고, 밤의 나머지는 잠을 잤었지……."

"그때 이후 지시가 바뀌었나?"

"지시는 바뀌지 않았어." 가로등지기가 말했다. "그게 비극인 거야! 별은 해마다 점점 더 빨리 돌았고, 지시는 바뀌지 않았던 거야!"

"그래서?" 어린 왕자가 말했다.

"그래서 이제 별은 매분마다 한 바퀴를 돌고, 나는 더 이상 한순간도 쉴 수 없는 거지. 일 분에 한번씩 등을 켰다 꺼야 하니까!"

"그거 재밌다! 당신 별에서는 하루가 일 분이라니!"

"이건 결코 재미있는 게 아니야." 가로등지기가 말했다. "우리가 함께 이야기하는 동안 벌써 한 달이 흐른 거야."

"한 달?"

"그래, 30분. 30일! 좋은 밤."

그리고 그는 자신의 등을 밝혔다.

어린 왕자는 그를 보면서 지시에 그토록 충실한 이 가로등지기를 좋아하게 되었다. 그는 한때 혼자서 지는 해를 보기 위해 의자를 끌어당기던 일을 떠올렸다. 그는 자신의 친구를 돕고 싶었다.

"있잖아… 나는 당신이 원할 때면 쉴 수 있는 방법을 아는데……."

"나는 항상 원하지." 가로등지기가 말했다.

왜냐하면 누구나, 동시에, 충실하면서 게으를 수 있으니까.

어린 왕자가 계속했다.

"당신 별은 세 걸음이면 한 바퀴를 돌 만큼 너무 작아. 당신

이 언제나 태양 안에 머물고 싶으면 단지 천천히 걷기만 하면 돼. 쉬고 싶을 때 당신은 걷는 거야… 그러면 낮은 원하는 만큼 지속될 거야."

"그건 내게 그리 보탬이 될 것 같지 않은데." 가로등지기가 말했다. "생활 속에서 내가 좋아하는 것은 잠자는 거거든."

"운이 없구나." 어린 왕자가 말했다.

"운이 없어." 가로등지기가 말했다. "좋은 아침."

그리고 그는 자신의 등을 껐다.

'이 사람은…' 어린 왕자는 생각했다. '여행을 추구하면서 만났던 모든 다른 이들, 왕, 교만한 사람, 술꾼, 사업가 들로부터 외면을 당할지 몰라. 하지만 내게는 우스꽝스럽지 않은 유일한 사람이야. 이것은, 아마 그 자신이 아닌 다른 것을 돌보기 때문일 거야.'

그는 아쉬움에 탄식하며 다시 생각했다.

'이 사람은 내가 친구 삼을 수 있는 유일한 사람이야. 그런데 그의 별은 실제로 너무 작아. 둘이 있을 공간도 없으니……'

어린 왕자는 감히 고백하지 않았지만, 무엇보다, 이 축복받은 별이 아쉬웠던 것은 24시간에 1440번 해가 지기 때문이었다!

아무 설명 없이 14장 번역을 넘기자, 소담 씨가 바로 메시지를 날려 왔다.

「대표님, 다음 차례는 13장인데요?」

그랬다. 13장은 어린 왕자가 자기 별을 떠나 네 번째로 들른 사업가의 별 이야기였다.

「네, 그런데 13장 번역을 하면서 아직 확실치 않은 게 있어서요. 뒤를 좀더 봐야 할 거 같아요. 나중에 드릴게요. 다음 장부터 읽어도 무리는 없을 거 같아요.」

「네, 알겠습니다.」

「아 그런데, 요즘은 그 달구벌 님에게서 오는 메일은 없나요?」

「네… 그러고 보니 그러네요^^;」

「알겠어요.」

그리고 퇴근 무렵 소담 씨가 다시 메시지를 해왔다. 그녀는 틈틈이 다른 원고를 진행하면서 내가 넘기는 원고를 원문과 대조해보는 역할을 하고 있는 중이다. 이번 것이 좀 버거웠던 것인지, 아니면 다른 일이 바빴던지, 오늘은 좀 늦어진 것이다.

「대표님, 원고 잘 보았습니다. 그런데 인사를 '안녕하세요'로 하지 않고 '좋은 아침'이라고 번역하셨네요?」

「이상한가요?」

「이상하다기보다는… 좀 낯설어서요. 그냥 '안녕하세요'가 낫지 않을까요? 모든 역자분들도 그렇게 했던데……」

「아직 확실치는 않지만… 사실 13장도 보류한 이유 중에 하나인데…, 아무튼 이건 좀더 정리가 필요할 거 같아요. 우선 읽는 데 지장은 없었나요? 사실 그게 궁금했어요. 아무 선입관 없이 저 번역이 어찌 읽힐까 하는…?」

「저는 문제없는 거 같긴 합니다ㅎㅎ」

「그럼 됐어요. 오늘은 여기까지… 퇴근합시다. 불금인데. 즐토일!」

「넵 대표님두요. 휴일 잘 쉬세요ㅎㅎ」

7.23.

조치훈, 그가 스물다섯의 나이로 명인名人 타이틀을 획득하고 나서 당시 기성棋聖 타이틀을 보유하고 있던 후지사와 슈코와 있었던 에피소드는 두고두고 인구에 회자된다.

1983년 마침내 기성전에서 맞붙게 되었을 때 후지사와는 전날 밤 기자들의 질문에 웃으며 이렇게 말한다.

"딱 네 판만 가르쳐줄 생각이오."

7전 4선승으로 벌이는 기성전이니 4연승으로 끝내겠다는 뜻이었다. 실제 그는 1년에 바둑을 4판만 둔다고도 알려져 있을 정도였다. 그만큼 그는 기성 타이틀에 주력하고 있었던 것.

156

그에 대해 조치훈은 이렇게 답한다.

"딱 세 판만 배우겠습니다."

처음으로 두어보는 상대이니 3판까지는 상대를 파악하는 셈치고 져드릴 수 있다는 의미였다.

결국 조치훈은 그의 말대로 선 3패 후 4연승으로 기성 타이틀을 획득한다.

대국 후 그가 남긴 말도 유명하다.

"후지사와 선배의 기성 타이틀이 이번으로 마지막일 것 같아 진심으로 가슴이 아픕니다."

이후 후지사와는 정말로 두 번 다시 기성이 되지 못한다. 그것은 단순한 호기가 아니라, 자신이 두어본 결과 그가 내린 적절한 평가였던 셈.

바다 건너에서 대삼관大三冠(기성, 명인, 혼인보)을 달성했던 날 밤, TV 화면으로 보았던 그 얼굴은 20대의 푸릇한 얼굴이었다(그때 나는 소설가가 되고 싶다는 야무진 꿈을 안고 국문학과에 들어간 대학생 신분이었다. 대학 국문학과에서 소설 쓰는 법을 가르치는 줄 알았는데 그건 아니었다). 35년 세월이 지난 오늘, 그가 이제 희끗해진 머리로 바둑 인생을 이야기하고 있었다.

평생 둔 바둑, 매력이 뭡니까.

"아는 사람만 안다는 것이지요. 야구나 피아노는 문외한도 뭐가 대단한지 금방 알게 되잖아요. 바둑은 너무 좋은데 모르는 사람에겐 전할 방법이 없어요. 이기면 재미있고 지면 슬프지만, 내용이 좋으면 질 때도 어떤 만족감이 있고요. 제가 아마추어라면 평생 바둑만 즐겨도 후회 없는 일생일 것 같아요."

"바둑 안 두고 매일 놀고 골프 치고 술 먹으면 행복할까. 그렇진 않을 것 같아요. 바둑 때문에 평생 자책하며 고독하게 살았지만 덕분에 재미있는 인생이었어요. 끝까지 후회 없는 바둑을 두는 게 바둑에 대한 예의겠지요."

......

기사 영향이었을 테다. 번역을 해야 했음에도 거의 하루를 인터넷 바둑에 빠져 지냈다.

7.24.

월요일 아침 회의가 끝나고 소담 씨를 남게 해서 이야기를 나누었다.

"'봉주흐 Bonjour'도 '안녕'이고 '봉수와 Bonsoir'도 그냥 '안녕'이라고 하면 좀 이상하지 않나요."

"그렇긴 하지만……."

"무심히 보면 아무렇지 않게 지나칠 수 있지만,『어린 왕자』에는 각 장마다 인사가 나옵니다. 아직 확실치 않지만 내가 보기에 그건 그냥 단순한 인사가 아니에요."

"네?"

"어쩌면 그건 작품의 시간적 배경을 설명해주기 위해 작가가 쓴 '은유적 방식'인 것 같아요."

"아!…"

소담 씨가 놀란 표정이 역력했다.

"예컨대 다섯 번째 별에 도착한 어린 왕자는 가로등지기에게 이렇게 인사를 하죠. Bonjour. Pourquoi viens-tu d'éteindre ton réverbère?"

"소담 씨 같으면 어찌 번역하겠어요?"

"음… 안녕하세요. 왜 당신의 가로등을 껐나요?"

"그래요. 우리가 최고의 번역이라 일컫는 두 분 역자의 번역서 모두 그렇게 되어 있어요. 아니, 두 책도 조금씩 다르죠. 한 사람은, '안녕하세요. 왜 방금 가로등을 껐나요?' 또 한 사람은 '안녕, 왜 지금 가로등을 껐어?'라고 말이에요."

"아, 높임말과 낮춤말의 차이가 있네요?"

"그것도 그렇기 해요. 그런데, 나는 지금 그걸 말하려는 게 아니에요. 이분들 모두 그냥 봉주흐도 안녕, 봉수와도 안녕이라고 하고 있는 거예요. 과연 원어민들도 그렇게 받아들였을까요? 영어의 '헬로우'처럼?"

"……?"

"절대 그럴 리 없죠. 그래서 나는 우리도 우리말에 맞게 차이를 두어야 한다는 거예요. 그래야 작품 배경의 시간대가 설명된다는 뜻이에요."

"저는 아직 정확히 이해하지 못하겠어요."

"당연히 그럴 거예요. 그렇게 간단히 눈치챌 수 있는 문제였다면, 성경 다음으로 많이 팔렸다는 이 책이 100년 동안 그냥 '안녕'으로 번역되어왔을 리 없었을 테니까요."

"……?"

"본문을 자세히 보세요. 어린 왕자가 물을 때마다 가로등지기는 계속해서 인사를 바꾸는데 실제로 그냥 말로만 바꾸는 게 아니라, 가로등 불을 끄고 켜기를 반복하고 있는 거예요. 다시 말해 진짜 밤이 되었다가 낮이 되었다가를 짧은 순간에 반복하는 거예요."

"아!"

"그러니 인사도 원래처럼 낮과 밤을 구분할 수 있는 말로 번역해야 한다는 거예요."

"아, 이제 알겠어요."

"그런데 문제는 우리가 불어나 영어처럼 따로 낮과 밤 인사가 나뉘어 있지 않다는 것이죠."

"그래서 대표님은, '좋은 아침.' '좋은 밤'이라고 하신 거군요?"

나는 고개를 끄덕였다.

"이제 정말 알겠어요."

"소담 씨 보기에 '좋은 아침', '좋은 밤' 번역은 어떤가요?"

"저는 좋은 거 같아요!"

"네, '좋은 아침'은 이제 우리도 많이 쓰는 것이니 괜찮은데, '좋은 밤'은 좀 그렇긴 하죠? '본 뉘Bonne nuit'도 따로 있고 말예요."

"네."

"우리 그걸 같이 찾아보도록 합시다. 적당한 저녁 인사."

"넵."

자리로 돌아간 소담 씨가 메시지를 보내왔다.

「대표님 말씀대로 영역자인 캐서린 우즈도 'good morning'
과 'good evening'으로 구분해 쓰고 있었네요. 저는 정말 몰랐
어요. 이전에도 몇 번을 봤었는데 의식하지 못했던 것 같습니
다ㅠㅠ」

「ㅎㅎ 자학하실 필요는 없다니까요. 앞의 선학들 전부 그랬
으니까.」

7.26.

『어린 왕자』 번역을 하게 되어서 그런가, 잘 들여다보지 않
던 『이방인』이 자주 궁금했고, 인터넷 서점에 들어가 독자들
의 리뷰들을 살펴보게 되었다. 오늘은 이런 리뷰 하나가 눈에
들어왔다.

나는 이 책을 아주 꼼꼼하게 두 번이나 읽었는데 예전엔 지루하고 딱딱하게만 느껴졌던 내용이 이렇게 재미있고 참신하게 다가온 데에는 바로 원작에 대한 번역의 차이 때문이라는 것을 알게 되었다.

내 번역서를 좋게 평가하는 글이었다. 그런데 이 책의 줄거리를 이야기하면서 이분은 이렇게 말하고 있었다.

그 해변에서 레몽의 옛 정부의 오빠가 끼어있는 아랍인들과 맞닥뜨리게 되고 태양이 눈을 찌르는 오후에 칼로 위협을 가하는 아랍인을 살해하게 된다.

내 번역서를 다시 읽고 감명받았다고 하고 있지만, 이분조차, 여전히 기존의 잘못된 『이방인』의 늪에 갇혀 있는 것이다. 다시 말해, 이전 『이방인』을 '아주 꼼꼼히 읽었던' 이분은 『이방인』의 원래 줄거리조차 오해하고 있는 것이다.

사실 이분이 말하는 '죽은 아랍인 사내'는 레몽의 옛 정부의 '오빠'가 아니다. 그는 여자의 친오빠가 아니라 그 여자의 '기둥서방'으로 여자를 이용해 레몽의 돈을 갈취하는 '악한'이다. 하기에 악을 처단한 뫼르소가 오히려 법정에서 사형을 선고받게 되는 구성이 '부조리'함을 극대화시키는 것이다.

물론 카뮈는 저러한 사실을 노골적으로 말하지 않는다. 단지 '무어 여자'의 입을 통해 '아랍인 사내'를 '친오빠'라고 밝히고 있는 게 전부다.

그래서 작가는 '무어 여자', '아랍인 사내'를 강조해 말하고 있다. 무어인과 아랍인이 친남매가 될 수는 없기에, 여자가 거짓말을 하고 있다는 것을 독자로 하여금 자연스럽게 알게 만들고 있는 것이다.

작품 속 레몽 또한 그 사실을 영원히 모른다. 뫼르소만 알고 있을 뿐이다. 그래서 '이제 다 끝난 일인데 굳이 레몽에게 그 사실을 알려줄 필요가 있을까' 하는 뫼르소의 독백이 있는 것이고, 무엇보다, 법정에서 그 사실을 밝히면 당연히 정상참작이 되겠지만 그는 그냥 죽음을 받아들인다. 그러한 극단적 부조리가 이 소설을 세계적 반열에 올려둔 이유이다.

'이해할 수 없는 행동'으로 엄마의 장례를 치르고 '태양 때문에 사람을 죽였다!'는 그럴싸한 감성적 표현이 '실존'을 이야기하고 있어서가 결코 아니다. (카뮈조차 평론가, 기자 들이 자기 소설을 '실존주의'라는 말로 포장하는 것을 두고 넌더리를 냈다는 기록도 있다.)

아무튼 우리 역자들은 저것을 그냥 여자의 말대로 '진짜' 오빠인지 알고 그에 맞게 잘못된 번역을 해둔 것이고, 그것이 몇십 년 읽혀오면서 자연스럽게 '사실'처럼 굳어져버린 것이다.

7.27

XV

여섯 번째 별은 열 배나 더 큰 별이었다. 거기에는 방대한 책을 쓰고 있는 노신사가 살고 있었다.

"여기다! 탐험가가 한 명 왔구나!" 어린 왕자를 발견한 그가 소리쳤다. 어린 왕자는 탁자 앞에 앉으며 옅은 숨을 몰아쉬었다. 그는 이미 많은 여행을 해왔던 것이다!

"너는 어디서 오는 길이니?" 노신사가 그에게 말했다.

"그 큰 책은 뭔가요?" 어린 왕자가 물었다. "여기서 무얼 하고 계세요?"

"나는 지리학자다." 노신사가 말했다.

"지리학자가 뭐예요?"

"바다와 강, 도시, 산, 그리고 사막이 어디에 있는지 아는

학자지."

"그거 정말 흥미로운데요." 어린 왕자가 말했다. "그거야말로 진짜 직업이네요!" 그리고 그는 지리학자의 별을 둘러보았다. 그는 아직까지 이처럼 위엄 있는 별을 본 적이 없었다. "정말 아름다워요, 당신의 별 말이에요. 대양은 있나요?"

"나는 알 수가 없단다." 지리학자가 말했다.

"아! (어린 왕자는 실망했다.) 그러면 산은요?"

"알 수 없지." 지리학자가 말했다.

"그러면 마을과 강과 사막은요?"

"그 역시 알 수 없다." 지리학자가 말했다.

"그렇지만 당신은 지리학자잖아요!"

"그건 맞다," 지리학자가 말했다. "하지만 나는 탐험가는 아니지. 나는 탐험가들이 단연 그립구나. 도시와 강과 산, 바다와 대양, 그리고 사막을 헤아리는 사람이 지리학자가 아니다. 지리학자는 나돌아 다니기엔 너무 중요하지. 그는 자신의 책상을 떠나진 않아. 하지만 탐험가들을 맞아들이지. 그는 그들에게 묻고, 그들의 기억을 적는 거야. 그리고 만약 그들 가운데 누군가의 기억이 그에게 흥미로워 보이면, 지리학자는 그 탐험가의 도덕성을 조사하지."

166

"그건 왜요?"

"왜냐하면 거짓말하는 탐험가는 지리학자의 책에 재앙을
초래하기 때문이다. 그리고 또한 술을 너무 많이 마시는 탐
험가도."

"그건 왜요?" 어린 왕자가 물었다.

"왜냐하면 술꾼에게는 두 개로 보일 테니까. 그러면 지리학
자는 단지 산이 하나 있는 곳을, 두 개로 적을 테니."

"나도 누군가를 알아요…" 어린 왕자가 말했다. "나쁜 탐험
가가 될 수도 있었을 사람이오."

"그럴 수도 있겠지. 아무튼 그러니까, 탐험가의 도덕성이 선
하게 여겨지면, 그의 발견의 사실 여부를 조사하는 거야."

"사람들이 보러 가나요?"

"아니다. 그건 너무 복잡하거든. 하지만 탐험가에게 증거를
제시하도록 요청하지. 예를 들어 큰 산에 대한 발견이라면,

그에게 큰 돌을 가져오도록 요청하는 거야."

지리학자는 갑자기 흥분했다.

"그러고 보니 네가, 네가 멀리서 왔구나! 네가 탐험가다! 네 별을 내게 설명해 주겠니!"

그리고 지리학자는, 그의 기록부를 펼쳐 놓고, 자신의 연필을 깎았다. 사람들은 먼저 탐험가들의 이야기를 연필로 적는다. 잉크로 적을 만한, 탐험가가 제시할 증거를 기대하면서.

"그래서?" 지리학자가 물었다.

"아, 내 별은," 어린 왕자가 말했다. "크게 흥미롭진 않아요. 그것은 아주 작아요. 나는 세 개의 화산을 가지고 있어요. 두 개는 활화산이고, 하나는 사화산이에요. 하지만 누구도 결코 알 수 없죠."

"누구도 결코 알 수 없지." 지리학자가 말했다.

"나는 꽃 한 송이도 가지고 있어요."

"우리는 꽃들은 기록하지 않는다." 지리학자가 말했다.

"그건 왜요! 무엇보다 멋진데!"

"꽃들은 일시적이기 때문이야."

"'일시적'이라는 게 무슨 뜻인가요?"

"지리책은, 모든 책들 가운데 가장 값진 책이란다." 지리학

168

자는 말했다. "그것은 결코 유행에 뒤지지 않는 거야. 산이
위치를 바꾸는 것은 매우 드문 일이지. 대양의 물이 말라 버
리는 일도 매우 드문 일이고. 우리는 영원한 것들에 관해서
만 기록하는 거야."

"하지만 사화산도 다시 깨어날 수 있잖아요," 어린 왕자가
말을 가로막았다. "'일시적'이라는 게 무슨 뜻이에요?"

"화산이 꺼져 있든 깨어 있든, 우리 같은 사람들에게는 같
은 게다." 지리학자가 말했다. "우리가 헤아리는 건, 산이란
다. 그건 바뀌지 않으니까."

"하지만 '일시적'이라는 게 무슨 의미인가요?" 살면서 한번 물은 질문을 절대 포기하는 법이 없는 어린 왕자가 다시 물었다.

"그 의미는, '머지않아 사라질 위기에 놓여 있는 것'이라는 뜻이다."

"내 꽃이 머지않아 사라질 위기에 놓여 있다고요?"

"물론이지."

'내 꽃은 일시적이고,' 어린 왕자는 생각했다. '겨우 네 개의 가시로 세상에 맞서 자신을 지키고 있는 것이었구나! 그리고 나는 내 별에 그녀를 혼자 남겨 둔 것이구!'

이것이 그의 첫 번째 후회의 감정이었다. 하지만 그는 다시 용기를 회복했다.

"제가 어디를 찾아가야 할지 권해 줄 수 있나요?" 그가 물었다.

"지구별," 지리학자가 그에게 대답했다. "그곳은 좋은 평판을 가지고 있어……."

그러자 어린 왕자는 자신의 꽃을 생각하면서 그리로 떠났다.

15장을 읽고 소담 씨가 메시지를 보내왔다.

「잘 봤습니다. 이제야 어린 왕자가 왜 자기 별을 떠났으며 왜 돌아가고 싶어 하는지 알 것 같아요. 이전엔 왜 이런 느낌을 받지 못했던 걸까요?」

나는 자판으로 말했다.

「아마, 저 말 때문이었을 거예요. '내 꽃은 일시적이고, 겨우 네 개의 가시로 세상에 맞서 자신을 지키고 있는 것이었구나! 그리고 나는 내 별에 그녀를 혼자 남겨 둔 것이구!' 어린 왕자가 처음으로 후회의 감정을 드러낸 것이지요. 나도 번역을 하면서야 알게 되었어요. 그냥 눈으로 볼 때는 저런 느낌이 아니었거든요. 무슨 소리인가 하면… 혹시 옆에 다른 분들 번역한 거 있나요?」

「네.」

「저 대목이 어찌 되어 있나요?」

「'내 꽃은 덧없구나!' 어린 왕자는 생각했다. '게다가 바깥세상으로부터 저를 보호한다는 게 네 개의 가시뿐이구나! 나는 그런 꽃을 내 별에 홀로 두고 왔구나!'

이것이 그가 처음으로 느낀 후회의 감정이었다. 그러나 그는 다시 용기를 되찾았다.

이렇게 되어 있네요.」

「같은 걸까요?」

「음…」

「우선 phémère를 역자들은 '덧없다'고 번역했는데, 저 단어 하나만 두고 보면 틀린 게 아니지만 과연 학자가 '어린' 아이를 앞에 두고 저렇게 추상적으로 말했을까요? 산이나 강, 꽃을 두고 '덧없다'느니 하고 말이에요. 나는 저것이 어른의 머리에서 나오는 번역이기에 그럴 거라고 생각해요. 지리학자가 꽃을 지도에 넣지 않는 이유에 대해 합리적으로 설명하면서, 정작 그 이유를 추상적으로 '덧없어서'라고 할 리는 없을 것 같기 때문이에요.」

「네, 듣고 보니 그러네요…」

「감사해요. 무튼 이제야 어린 왕자가 지구별로 오네요. 마중 나가볼까요?」

「ㅎㅎ 네.」

7.20.

번역은 타 언어를 타 언어로 옮기는 일이기에 작가의 세계관이 아니라 역자의 세계관이 고스란히 담길 수밖에 없다.

172

잘된 소설은 모든 것을 다 말해주는 게 아니다. 문장 속의 은유와 상징으로 독자로 하여금 그걸 스스로 느끼고 이해하게 만드는 것이다. 좋은 작가는 단지 스토리만이 아니라 문장 문장마다 그에 맞는 은유와 상징을 채워 넣기 위해 수많은 시간을 고뇌하는 것이다. 그러한 고뇌 끝에 만들어진 은유와 상징을 역자 마음대로 의역해 설명하려 하면 그건 이미 원래 작품 속 인물들이 아닌 게 되는 것이다.

예컨대 고전 작품 속 여성의 모습이 작가가 아니라 번역자의 세계관으로 좋지 않게 왜곡되면 이런 글을 읽은 독자는, 아니 우리 청소년들은 여성에 대해 반감을 갖게 되는 것이다. 여성을 보는 세계적인 고전 속 작가의 생각이 저 정도인데, 이러면 어떻고 저러면 어떤가 하는 생각을 갖게 되면 곤란하지 않겠는가 말이다.

과도한 걱정이라고? 정말 그럴까? 불행하게도 내가 본 많은 고전이 그랬다. 작품 속 여성들이 원래 모습과 달리 앙탈스럽고, 무지하고, 반감을 갖게 그려지고 있었던 것이다. 『이방인』 속 마리가 그랬고, 『위대한 개츠비』 속 데이지나 조던이 그러했고, 헤밍웨이 작품 속 여러 '여성들'이 그러했다.

173

8.1.

'이방인 사태' 이후 나는 바른 고전 번역이 절실히 필요하다
는 생각으로 새로운 역자들을 발굴해 고전 소설의 번역을 의
뢰했었다. 그 가운데 한 분의 번역서가 드디어 출간되었다.

작품은 미국의 대문호 마크 트웨인의 대표작,『톰 소여의 모
험』이다.

미국 문학의 아버지, 미국 문학의 창시자, 미국의 셰익스피
어……. 마크 트웨인(1835-1910)에 대한 미국인들의 일관된 찬
사다. 어니스트 헤밍웨이, 윌리엄 포크너, 스콧 피츠제럴드 등
20세기의 모든 작가들이 마크 트웨인과 그의 작품에 기대 미
국 문학의 지평을 넓힌 것으로도 평가한다. 트웨인을 두고 '미
국 현대문학의 창시자'란 수사까지 등장하는 건 그래서일 테다.

『톰 소여의 모험』은 1876년에 출간됐다. 나온 지 140년이 지
나도록 절판된 적이 한 번도 없다고 한다. 19세기 후반 미국 미
시시피강가에서 벌어진 악동들의 소란과 기행奇行이 어떻게 세
대와 국경을 넘어 끊임없이 읽히고 있는 것일까. 역자는 후기
를 통해 이렇게 말하고 있었다.

"『톰 소여의 모험』은 시대와 문화에 관계없이 청소년들의 본
능을 자극하는 모험의 매력과 즐거움을 선사하고 어른들에게

는 어린 시절의 향수를 불러일으킨다. 번역을 끝낸 후 나는 마치 나 자신이 원시림을 헤매고 미시시피강의 풍랑에 맞서 뗏목 여행을 무사히 잘 마치고 돌아온 것 같은 피로감과 주체할 수 없는 벅찬 감동을 느꼈다."

마크 트웨인의 작품은 그만의 힘차고 생생한 미국식 구어체가 중요한 역할을 한다. 그의 유머와 해학은 빛을 발한다. 하지만 우리말로 옮기는 과정에서 그런 특징들은 평범한 문장으로 '뭉개져'버린다. 역자는 "번역자가 문장을 제대로 이해하지 못했거나 독자가 텍스트를 이해하지 못할 것을 두려워해 단어를 불가피하게 빠뜨리거나, 어색한 문장을 가다듬기 위해 의역을 택한다."라고 지적하고 있었다.

역자가 소개해둔 작가 소개도 재미있었다.

〈트웨인은 1835년, 핼리혜성이 지구에 가장 가깝게 오고 2주 후에 태어났다. 그런 그가 언젠가 이런 '예언'을 한다.

"나는 1835년 핼리혜성과 함께 왔다. 내년에 혜성이 다시 가까이 올 것이고, 나는 그것과 같이 떠날 것이다. 내가 핼리혜성과 함께 떠나지 않는다면 그건 내 인생의 가장 실망스러운 일이 될 것이다. 전능하신 분은 분명히 말했다. '여기 불가해한

175

두 괴짜가 있다. 그들은 함께 왔으니, 함께 가야만 한다.'"

1910년 4월 21일 핼리혜성이 지구에 다시 다가오고 바로 다음 날 그는 세상을 떴다. 그동안 그는 수로 안내인, 광부, 기자 그리고 작가로서의 자신의 삶을 자유롭게 살았다. 삶도 죽음도 한 편의 드라마였다. 작품들의 활기와 자유로움은 바로 작가인 마크 트웨인 자신의 삶에서 비롯한 것이다.〉

그는 마치 어린 왕자처럼 지구라는 별을 여행하고 떠난 셈이었다.

나도 번역을 서둘러야겠다.

8.3.

XVI

일곱 번째 별은 그리하여 지구였습니다.

지구는 평범한 별이 아니었죠! 거기에는 111명의 왕(물론, 흑인 왕도 빼놓지 않았습니다), 7,000명의 지리학자, 90만 명의 사업가, 750만 명의 술꾼, 3억 1천 100만 명의 교만한 사람, 다시 말해 약 20억 명의 어른들이 있었던 겁니다.

지구 면적의 개념을 여러분에게 알려 주기 위해서, 나는 전

기가 발명되기 이전 6대 주 전체에 462,511명의 가로등지기가 실제적인 군대처럼 유지되어야만 했다는 말을 해야 할 것 같습니다.

거리를 좀 두고 보았을 때, 그것은 화려한 효과를 만들어 냈습니다. 이 군대의 움직임은 오페라 속 발레단의 그것처럼 질서정연했습니다. 먼저 뉴질랜드와 오스트레일리아 가로등지기가 들어옵니다. 이들은 자신들의 등에 불을 밝혀 놓은 뒤 잠을 자러 갑니다. 그러고 나서 차례대로 중국과 시베리아의 가로등지기들이 들어와 춤을 춥니다. 그러고 나서 그들 또한 무대 뒤로 사라집니다. 그러고 나면 러시아와 인도 가로등지기의 차례가 돌아옵니다. 그다음에는 아프리카와 유럽, 다음은 남아메리카, 그 뒤에 북아메리카였습니다. 그리고 그들은 등장하는 순서에 결코 실수하는 법이 없었죠. 그것은 장관이었습니다.

다만, 북극의 유일한 가로등을 켜는 가로등지기와 남극의 유일한 가로등을 켜는 그의 동료는, 한가롭고 무사태평한 삶을 살았습니다. 그들은 1년에 두 번만 일을 하면 되었던 것이죠.

16장 번역을 검토하고 소담 씨가 이런 말을 물어왔다.

「대표님, 이건『어린 왕자』번역을 떠나 묻는 건데요. 정말 번역이 수학 문제의 답처럼, 정확히 이 단어의 의미가 이거다, 라고 주장할 수 있는 것일까요? 언어들의 특성상 정확히 일대일 대응이 되는 것도 아닌데 말이에요.」

「나는 그렇다고 봐요. 일대일 대응하지 않는다고 보지도 않고요. 결국 조사의 문제일 텐데 그 역시 원어민이 아니고서는 잘 느끼지 못하는 것일 뿐이지, 엄밀히 보자면 일대일 대응하지 않는 게 아닌 거죠. 외국인이 보기엔 없는 듯해도 그 언어를 모국어로 하는 사람들끼리는 어렵지 않게 느끼는 숨겨진 그런 것 말예요. 물론 소담 씨나 내 모국어는 한글이니, 그걸로 그 다른 언어의 숨겨진 조사의 의미까지 전부 설명해내기는 불가능해요. 그러나 어떤 한 단어가 아무리 여러 의미로 해석될 수 있다 해도, 실상은 앞뒤 문맥을 살피면 그 단어가 말하고자 하는 하나의 의미를 정확히 파악하는 일이 결코 불가능한 일이 아니에요. 아니 어쩌면 너무나 당연한 게 그러라고 문법이 있는 것이죠. 혼란이 생기면 안되니까. 그런 점에서 어느 한 단어, 한 문장의 의미가 정확히 맞다, 틀리다를 검증하는 일은 결코 어려운 일이 아닐 거예요. 다만 어떤 문장이건 하나의 의미를 규정하기 위해서는 당연히 그 앞에서부터 정확한 번역이 이루어져왔다는 전제가 따라야만 하겠죠. 그게 쉽지 않은 일이구요. 하지만 그게 불가능한 일도 아니라는 이야기예요. 노력의 문제인 것이죠.」

「......?」

「사실 외국어 문장을 읽는 역자 간의 능력차는 그리 크지 않다고 봐요. 회화하고는 다른 것이죠. 작품 속 문장은 그냥 툭 던져져 사라지는 말이 아니라, 거기 그대로 남아 있고, 맥락상 앞뒤가 어떤 식으로든 연결이 되어 있기 때문이에요. 제대로 보고자 하면 얼마든지 정확히 확인이 가능하다는 것이죠. 그런 점에서 항상 하는 말이지만, 의역은 사실 오역에 다름 아니에요. 의역한 문장은 원문과 비교해보면 문법적으로도 어디가 틀려도 틀려 있는 걸 분명히 확인할 수 있기 때문이죠. 하다못해 단어의 순서가 뒤바뀌어 있거나 품사의 용도가 다르게 쓰이고 있거나 하면서 말이에요.」

「알겠습니다. 대표님의 그러한 주장들이 세상에 좀더 잘 알려졌으면 좋겠습니다.」

「고마워요. 그러려고 우린 같이 이 일을 하고 있는 거겠죠?^^」

8.8.

XVII

누구나 기지를 발휘하려다 보면, 약간의 거짓말을 하게 되는 수가 있습니다. 나는 가로등지기에 관한 이야기를 여러분에게 하면서 완전히 정직했던 것만은 아닙니다. 나는 그것에 대해 잘 모르는 이들에게 우리 별에 대한 인식을 잘못 전달할 위험이 있었습니다. 사람들은 지구에서 매우 작은 공간을 차지하고 있습니다. 만약 지구에 거주하는 20억 명 사람들이 모임을 갖듯, 조금 빽빽하게 선 채로 있게 되면, 그들은 길이 20마일, 넓이 20마일인 광장 하나면 넉넉히 들어갈 수 있을 겁니다. 태평양의 가장 작은 섬 하나에 전 인류를 몰아넣을 수 있는 셈입니다.

어른들은, 당연히, 여러분을 믿지 않을 겁니다. 그들은 자기들이 많은 공간을 차지하고 있다고 생각합니다. 자신들이 바오바브나무처럼 큰 비중을 가지고 있을 거라고 생각하는 겁니다. 그러니 그들에게 계산해 보라고 조언해 보세요. 그들은 숫자를 아주 좋아하니, 기뻐할 겁니다. 하지만 여러분의 시간은 그런 하찮은 일에 낭비하지 마세요. 그것은 불필요한 일이니까요. 여러분은 저를 믿으세요.

어린 왕자가, 지구에 닿았을 때, 사람이 한 명도 보이지 않는 것에 몹시 놀랐답니다. 그가 별을 착각한 건 아닌지 두려워지기 시작한 것은, 달빛을 받은 고리 하나가 모래 속에서 움직였을 때였죠.

"좋은 밤이네." 아무렇든 어린 왕자가 말했어요.

"좋은 밤이야." 뱀이 말했죠.

"내가 떨어진 여기는 무슨 별이니?" 어린 왕자가 물었어요.

"지구야. 아프리카지." 뱀이 대답했습니다.

"아!… 그런데 지구엔 사람이 없나 보지?"

"여기는 사막이야. 사막엔 사람이 없어. 지구는 크단다." 뱀이 말했습니다.

어린 왕자는 돌 위에 앉아 하늘을 올려보았습니다.

"나는 궁금해…" 그가 말했습니다. "별들이 빛나는 건 누구든 언젠가 자신의 것을 찾을 수 있도록 하기 위해서가 아닐까. 내 별을 봐. 바로 우리 위에 있어… 하지만 정말 머네!"

"아름답구나," 뱀이 물었습니다. "너는 무슨 일로 여기에 왔니?"

"꽃하고 문제가 생겼거든." 어린 왕자가 말했습니다.

"아!" 뱀이 말했습니다.

그리고 그들은 침묵에 빠져들었죠.

"사람들은 어디 있어?" 마침내 어린 왕자가 다시 입을 열었습니다. "사막은 조금 외롭네."

"사람들 사이에서도 외롭지." 뱀이 말했습니다.

어린 왕자는 오랫동안 그를 바라봤습니다.

"너는 이상한 동물이구나." 마침내 그가 말했습니다. "손가락처럼 가늘고……."

"하지만 나는 왕의 손가락보다 더 강하지." 뱀이 말했습니다.

어린 왕자가 웃었습니다.

"넌 그렇게 강한 게 아냐… 심지어 발도 없잖아… 심지어 여행도 못하잖아……."

"나는 어떤 배보다도 너를 멀리 데려갈 수 있어." 뱀이 말했습니다.

그가 금팔찌처럼 어린 왕자의 발목을 휘감았습니다.

"누구든 내가 손대면, 그가 생겨난 땅으로 돌아가는 거야." 그가 다시 말했습니다. "하지만 너는 순수하고, 또 별에서 왔으니까……."

어린 왕자는 아무 대답도 하지 않았습니다.

"너는 내게 딱해 보여, 냉정한 이 지구에서는 너무 약해. 언제든 네가 만약 네 별이 너무나 그리워지면 나는 너를 도울 수 있을 거야. 나는 할 수 있거든……."

"아! 아주 잘 이해했어." 어린 왕자가 말했습니다. "그런데 너는 왜 항상 수수께끼 같은 말을 하니?"

"나는 그것들 전부를 풀어낼 수 있거든." 뱀이 말했습니다.

그리고 그들은 침묵했답니다.

번역된 17장을 보고 소담 씨가 네이트온으로 물어왔다.

「문장이 참 아름다운 거 같아요. 서술어를 전부 높임말로 하셨네요?」

「맞아요. 실제 원문에 vous가 쓰이고 있으니까요. 이상한가 요?」

「아니요, 사실 전, "어른들은, 당연히, 여러분을 믿지 않을 겁니다… 여러분의 시간은 그런 하찮은 일에 낭비하지 마세 요. 그것은 불필요한 일이니까요. 여러분은 저를 믿으세요." 이 문장이 너무 좋았어요. 이전에는 이 문장을 이렇게 보지 못했 거든요.」

「어떻게 보셨나요?」

「"어른들은 이 말을 믿지 않을 것이다… 그렇다고 그 지루 한 일에 시간을 허비할 것은 없다. 그럴 필요가 없다. 내 말을 믿으라."라고요.」

「혹시 다른 역자분들 건 보셨나요? 어찌 되어 있던가요?」

「그냥 저처럼요…」

「차이가 뭘까요?」

「고압적인 어른의 모습과 친구 같은 어른의 모습?」

「아, 멋진 비유네요. 역시 소담 씨! 그렇게 읽혔다니 다행이

184

에요. 혹시 못 느끼면 어쩌나 했는데…ㅎㅎ」

「설마요.」

「그런데 왜 그런 차이가 생긴 거 같나요?」

「존대 차이 아닌가요?…」

「그건 당연한 거고… 소담 씨는 지금 자연스럽게 주어를 생략한 거예요.」

「네???」

「그게 서술어든 뭐든 뭔가 원문을 오해하고 나면 번역 문장은 당연히 어색해지죠. 뭔가 자연스럽지 못하니 우선 주어부터 생략해보는 거예요. 그래서 문장이 짧아지니 당연히 부드러워진 거 같아 보이죠. 주어를 생략하든 말든 같은 거라고 우리는 배워왔으니 만족해하면서… 하지만 같은 주어라 해도 절대 생략해서는 안 되는 게 있죠.」

「아…」

「그 밖에 이상한 건 못 느끼셨나요?」

「글쎄요?… 다른 게 있나요?」

「인사요. 어린 왕자와 뱀이 나누는 인사. 본 뒤.」

「아, 그러고 보니… '좋은 밤'이라고 하셨군요. 몰랐어요. 이상하다는 생각은 들지 않았어요.」

「맞아요. 소담 씨니까, 이전에 한번 인사에 대해 논했으니 특별히 의식하지 못했겠지만, 이걸 처음 보는 다른 사람들은 좀 의아할 거예요. 이런 인사말이 있나? 번역이 엉터리군, 하구요.」

「그렇겠네요. 다른 분들 모두 안녕, 안녕하세요로 되어 있어요.」

「아마 영어로는 'Good night'이라 되어 있을 거예요. 」

「아…」

「눈치채셨군요. 우리는 굿나잇이라고 하면 자연스럽게 '잘 자'라고 인식하죠. 그런데 저기를 그렇게 번역하면 이 작품 전체를 망치게 되겠죠.」

「그렇군요. 거기에 더해 대표님이 저기서 '좋은 밤'이라고 인사를 해서 지금 시간적 배경이 밤인 줄 알게 되는 거군요. 그냥 안녕이라고만 했다면 적어도 저 말을 하는 시점이 낮인지 밤인지, 새벽인지, 전혀 알 수 없었을 테니.」

「바로 그래요. 」

「『어린 왕자』에서의 인사말은 그냥 단순히 '안녕'이 아니라는 말이 이제 확실히 이해되네요. 우리는 도대체 지금까지 어떤 『어린 왕자』를 읽어온 걸까요? 어릴 때부터 그렇게 좋아했던 어린 왕자인데ㅜㅜㅜ」

8.2.

직원들과 저녁을 먹었다. 이른바 회식이다. 요즘 세대는 이런 자리를 싫어한다고 해서 거의 하지 않는데, 다음 주부터 여름휴가가 시작되는 기간이라 한동안 한자리에 모이기 힘들겠다는 이유를 핑계 삼아(?) 오랜만에 이루어진 자리였다. 역시 모두들 술은 잘 마시지 않았다. 마케팅부 남자들도 매한가지였다. 옛날 영업부장은 도매상 관계자들과 술 마시는 게 일이다시피 했는데… 그때는 모든 게 수기로 이루어지던 시기이기도 했다. 매출 장부가 그랬고, 그들이 지불하는 어음도 이른바 '문방구 어음'으로 지불 담당자가 그때그때 손으로 액수를 적어주는 식이기도 했다. 그렇기에 지불 책정이 거의 담당자의 인정에 기댄 측면이 컸기에 평소 그들끼리의 술자리는 친목도모를 명분으로 자연스레 이루어져왔던 것이다.

그래도 전혀 술을 마시지 않은 것은 아니었다. 정종 대병이 비워갈 즈음 어느 순간 소담 씨가 물었다.

"대표님, 왜, 영화는 관객 수가 집계되는데, 책 판매 수는 집계되지 않는 건가요?"

나는 나름대로 내 생각을 들려주었다.

영화는 티켓이 실제로 (현금으로) 거래되는 것이기에 그 수가 정확히 공개될 수밖에 없다. 그 수를 감출 수도, 감출 이유도 없기 때문이다. 세금과 직결되는 문제이기도 하다.

그러나 책은 실제로 판매되는 것이 아니다. 전국의 서점과 도매상에 깔려 있는 책은 판매된 것이 아니라 위탁된 것이다. 언제든 출판사로 되돌아올 수 있는 책이라는 것이다. 그 수를 예측할 수가 없다. 극단적 예로 어떤 책은 1,000부를 찍어서 출판사에서는 거의 전부 서점으로 내보냈지만 실제로는 단 한 권도 팔리지 않은 책도 있는 것이다. 실제 10년 전 출간해 절판되다시피 한 책이 지금도 반품되는 사례는 허다하다.

출판 유통의 문제는 그래서 간단치 않다. 서점과 출판사가 현저히 부딪치는 부분도 이 때문이다. 베스트셀러일수록 그 '공간' 차이는 크다.

다만 판매량은 아니더라도 몇 부를 찍었는지는 언제든 정확히 확인이 가능하다. 그런데 혹여 작가와 출판사가 갈등하기 쉬운 부분 또한 이 지점이다. 몇 부 찍은 것은 아는데 들어오는 인세는 생각보다 적기 때문이다.

이래저래 쉬운 일은 아니다. 그렇다고 출판계가 영화 티켓처럼 그 판매량을 한눈에 알 수 있는 시스템을 구축하려 노력하지 않았던 것은 아니다. 그러나 그 역시 위와 같은 문제를 비롯해, 제각각의 첨예한 이해관계로 불가능해진 것이다.

그러면서 대구에 있던 한 도매상과의 일화를 들려주었다.

"내가 초기에 출판을 시작하고 도매상들 상황을 좀 알아보려 직접 수금을 간 적이 있거든요. 소매서점을 함께하는 그 도매상을 어렵게 찾아 들어갔는데 수금하러 서울서 내려온 영업사원들이 줄을 죽 서 있는 거예요. 점심시간이 막 지난 때였는데, 어쨌든 지불은 하지 않고 있더군요. 왜 그런가 봤더니 지불 책정을 하는 그곳 사장이 서울서 내려온 친분 있는 영업부원과 점심시간을 이용해 두기 시작한 바둑이 아직 끝나지 않았던 거예요. 황당하기 이를 데 없었죠. 아무튼 한참이 지나 마침내 내 차례가 되어 들어가 그 사장과 마주했는데, 내게 사람 좋은 얼굴로 얼마를 드리면 되겠느냐는 거예요. 책을 주문하신 대로 주시면 되는 거 아니냐고 하니까, 사실 팔린 건 없지만, 여기까지 내려오셨는데 차비는 드려야 할 것 같아서 물은 거라는 거예요. 그러면서 큰 선심 쓰듯, 아까 말한 문방구 어음—문방구에서 파는 학용품 같은 거라 문방구 어음이라 불러요—에다 그 자리에서 20만 원이라 써서는 내게 내미는 거예요. 내가 당황해서 바라보자, 내려보낸 책이 팔린 게 아니라, 소매점들에 거의 깔려 있다면서. 하하. 출판 유통이 그래요. 물론 이제 모든 게 전산화돼서 많이 달라졌지만 실제 판매 부수를 따지기엔 무리가 있죠."

"대표님, 지금도 그 서점과 거래하시나요?"

"아, 아니요. 오래지 않아 정리했어요. 역시 이후 지불이 깨끗하지 않아서."

"그렇군요. 대표님 근데 혹시 서점 이름이 뭐였나요?"

"왜요? 소담 씨가 대구를 좀 아세요?"

"네, 제가 거기서 태어나 자랐어요."

"아, 그랬군요. 그러고 보니 달구벌… 출신이군요."

나는 문득 그 메일의 주인공을 떠올리고 그렇게 말했고, 둘만이 이해했을 내용에 소담 씨가 살짝 웃었다.

"네."

"소담 씨 휴가는 언제부턴가요?"

"8월 셋째 주입니다."

"그래요? 어디 좋은 데 가시나요?"

내 물음에 소담 씨는 잠깐 망설이는 듯하더니, "그냥 방콕하려구요." 했다.

술은 크게 취하지 않았지만 술자리는 2차로 마무리 지어졌다. 젊은 사람들은 카페로 향했다. 나는 집으로 돌아왔다.

XVIII

어린 왕자는 사막을 가로질러 갔고 단지 꽃 하나를 만났다.

세 개의 잎을 가진 꽃, 어떤 특색도 없는 꽃 하나……

"좋은 하루." 어린 왕자가 말했다.

"좋은 하루." 꽃이 말했다.

"사람들은 어디에 있나요?" 어린 왕자가 공손하게 물었다.

그 꽃은, 어느 날, **카라반**(caravane: 사막에서 주로 낙타를 이용해 교
역을 일삼는 상인들의 무리.) 한 무리가 지나는 걸 본 적이 있다.

"사람들이요? 그게 있긴 한 거 같아요, 내 생각엔, 예닐곱

191

명쯤. 나는 몇 해 전에 그들을 보았어요. 하지만 어디서 그들을 찾을 수 있을지 누구도 결코 알지 못해요. 바람이 그들을 몰고 다니거든요. 그들은 뿌리가 부족해서, 그것이 그들을 많이 어렵게 해요."

"안녕히 계세요." 어린 왕자가 말했다.

"안녕히 가세요." 꽃이 말했다.

18장을 보내자 소담 씨로부터 잠시 후 메시지가 왔다. 그만큼 짧은 장이었다.

「대표님, 여기서는 봉주흐를 '좋은 하루'라고 하셨네요?」

「ㅎㅎ 이제 금방 알아보셨네요? 왜 그랬을까요?」

「아, 대표님이 실수하신 거 아닌가요? 전 그런 줄 알고… ^^;」

「앞에서는 '좋은 아침'이라고 했죠. 『어린 왕자』에서 인사말은 단순한 인사가 아니라 작품의 시간적 배경을 설명하는 것이라는 이유로 말이죠. 우리에게 아침 인사는 따로 구분되어 있지 않으니 어쩔 수 없이 '좋은 아침'이라는 말을 만들어냈던 거죠. 그런데 사실 Bonjour는 아침만을 가리키는 게 아니죠. 원래 프랑스에서 Bonjour는 아침 인사라기보다는 해가 떠 있는 온전한 '하루jour'의 인사를 의미하잖아요. 아시죠?」

「네. 그래서 앞에서는 맞았지만 정말 '좋은 아침'이라 해도 되나 싶었던 거예요.」

「그래요. 봉주흐는 프랑스에서 아침 인사가 아니라 해가 떠 있는 시간, 어느 때라도 할 수 있는 인사말이죠. 따라서 다른 설명 없이 Bonjour라고만 하면 아침뿐만 아니라 오후 시간도 될 수 있는 거죠. 그런데 여기서는 시간적 배경이 오후 시간이 니 '좋은 아침'이라고는 할 수 없었던 거예요.」

「그럼『어린 왕자』에서 인사말은 시간을 가리킨다는 대표님 주장과 배치되는 거 아닌가요?」

「좋은 지적이에요. 저도 처음에 그래서 고민했어요. 앞서 13장 번역을 드리지 않았던 것도 그래서였어요. 확실치 않았 거든요. 그런데 이제 좀더 확실히 이해하게 된 거예요.」

「…솔직히 무슨 소리인지 아직 잘 모르겠습니다.」

「불어 역시 인사말에 한계가 있었던 거예요. 바로 아침과 오 후를 구분할 수는 없었던 거죠. 그래서 작가는 그것을 말로 하 는 게 아니라 그림을 그려서 표현하고 있는 거구요. 자세히 보 세요. 본문 그림 꽃나무 위에 중천에 걸린 해가 보일 거예요.」

「아!……」

「아마 영어 번역서도 앞에서와 달리 Good morning으로 하지 않았을 걸요? Good afternoon이나 뭐 다른 거로 썼겠죠. 굿모닝이라 했다면 명백히 오역이구요.」

「확인해보겠습니다.」

잠시 후 소담 씨가 다시 답해왔다.

「아, 정말이네요. 캐서린 우즈는 Hello라고 번역하고 있습니다. 뒤의 Adieu는 Goodbye라고 하고 있구요.」

「그랬을 거예요. 그 밖에도 18장은 몇 줄 안 되는 문장으로 이루어진 짧은 장이지만 할 얘기가 많은 장이에요.」

「또 뭐가 있나요?」

「저기서 둘은, 즉 어린 왕자와 꽃나무는 어떤 식으로 대화를 나눌까요?」

「아, 높임말이냐, 낮춤말이냐 물으시는 거군요?」

「그래요.」

「실은 저기에 vous와 tu, 어느 것도 쓰이고 있지 않으니, 역시 간단치 않은 거예요. 소담 씨 같으면 어찌 하실 건가요?」

「저는 대표님과 달리 당연히 둘 다 말을 낮췄을 거 같아요.」

「왜요? 혹시 꽃이 별 볼 일 없고 하찮아 보이거나 어려 보여서는 아닐까요?」

「사실 그래요. 그리고 어린 왕자도 어리니까.」

「네, 솔직히 말씀해주셔서 고마워요. 그런데 나는 여기에 이 작품의 또 다른 비밀이 숨겨 있다고 생각해요. 무슨 소리인가 하면 우리는 여전히 조종사가 어린이들에게 이 이야기를 들려주면서 정말 존대어를 썼을까 의심스러운 마음이 있을 텐데, 여기서 그 의문이 풀린다고 저는 생각하거든요.」

「……?」

「본문 중에 어린 왕자가 꽃에게 묻는 말을 자세히 보세요.」

「Où sont les hommes? demanda poliment le petit prince. 말인가요?」

「그래요.」

「음… 저는 잘 모르겠습니다만.」

「저것을 있는 그대로 직역하면, "사람들은 어디에 있나요?" 어린 왕자가 공손하게 물었다, 가 되죠. 번역은 이상이 없죠?」

「네……」

「작가인 생텍쥐페리는 영리하게, 혹은 자연스럽게 그 차이를 이렇게 만들어 두고 있는 거예요. 어린 왕자는 그냥 물은 게 아니라, '공손하게/예의 바르게/정중하게poliment' 물었다.」

「아!」

「이제 눈치채셨겠지만, 작가는 여기서 어린 왕자가 말을 높

195

였다는 뉘앙스를 주고 있는 것이지요. 즉 이 작품에서 어린 왕자건 조종사건 상대가 약한 존재에겐 말을 높여요. 그래서 어린이들에게는 전부 말을 높이고 있는 거예요. 그래서 작가는 비록 어린이들에게 하는 헌사지만 높임말을 썼던 거구요.」

「세상에⋯ 대표님 정말 생각도 못한 일이에요. 그렇게 오래 들여다보았고, 대표님 번역을 보면서도 말이에요.」

「놀랄 일은 아닌 게⋯ 그러니 모든 사람들이 100년을 잘못 읽어온 것일 테지요.」

「정말 영역자도 보니, "Where are the men?" the little prince asked, politely.라고 해두었군요. politely라고⋯⋯」

8.11.

내가 너무 『어린 왕자』에 시간을 쏟고 있는 것 같아, 따로 편집장을 불러내 점심을 먹었다. 파스타 전문집인 〈코니키친〉에서 점심시간임에도 샐러드에 맥주 한 잔까지 곁들였다. 언제 먹어도 그곳에서 직접 담그는 할라피뇨는 일품이다.

"『여자의 일생』 번역은 잘되어가나요?"

"예, 역자님이 조만간 얼마간이라도 번역해 보내주신다고 했습니다."

"잘됐군요. 수시로 소통하시구요……."

그렇게 다른 번역가들의 번역 작업도 한번 더 점검했고, 기존 작가들 관리에 대해서도 의견을 나누었다. 자연스럽게 번역 이야기가 나왔는데, 편집장이 '성모송' 이야기를 꺼냈다.

"성경도 그렇지만, 성모송도 번역에 문제가 많다면서요?"

"성모송이요? '아베마리아' 말인가요? 어떻게 되어 있는데요?"

"은총이 가득하신 마리아님, 기뻐하소서! 주님께서 함께 계시니 여인 중에 복되시며, 태중의 아들 예수님 또한 복되시나이다. 천주의 성모 마리아님, 이제와 저희 죽을 때에 저희 죄인을 위하여 빌어주소서. 아멘."

편집장의 입에서 막힘없이 성모송이 흘러나왔다.

"잘은 모르지만 이상하게 여겨지는 건 없는데… 무엇이 틀렸다는 걸까요? 궁금하네요……."

회사로 돌아오는 길로 편집장이 말한 성모송을 찾아보았다.

이탈리어어로는,

Ave Maria, piena di grazia, il Signore è con te. Tu sei

benedetta fra le donne e benedetto è il frutto del tuo seno,

Gesù. Santa Maria, Madre di Dio, prega per noi peccatori,

adesso e nell'ora della nostra morte. Amen.

였다.

영어로는,

Hail Mary, full of Grace, the Lord is with thee. Blessed art

thou among women, and blessed is the fruit of thy womb,

Jesus. Holy Mary, Mother of God, pray for us sinners now,

and at the hour of our death. Amen.

이탈리어를 모르니 영어를 직역해보았다.

"은총이 충만하신 마리아시여, 주 하나님께서 그대와 함께하
나이다. 여인 중에 복되시고 또한 당신 태중의 자손, 예수 그리
스도가 복되나이다. 성스러운 마리아, 주님의 어머니시여, 저희
죄인들을 위해, 지금, 뿐만 아니라 저희들 죽음의 시간에도 기
도해주십시오. 아멘."

그랬다. 우리에게 잘 알려진 바대로 "주님과 함께 계시기 '때문에' 복되다."라고 쓰여 있는 게 아니었다. '이제와 저희 죽을 때에'도, 저런 의미가 아니라 '지금, 뿐만 아니라 죽음의 시간에도'이다. 비슷한 듯해도 사실은 완전히 다른 의미의 기원을 사람들은 하고 있었던 셈이다.

수많은 사람들이 낭송하고 있는 기도문이 잘못된 것이라면, 나처럼 종교인이 아닌 입장에서 보면 대단히 심각한 문제처럼 보이는데, 정작 본인들은 별문제가 아닌 것으로 인식하는 듯해서 의아했다.

종교가 신을 위해 만들어진 것이 아니라 인간을 위해 만들어진 것이니, 이와 같은 것들은 역시 신을 위해서가 아니라 인간을 위해서 정확해야 하는 게 아닐까…….

8.14.

XIX

어린 왕자는 높은 산으로 올라갔다. 그가 알고 있던 산들이라고 해야 그의 무릎 높이에 불과한 세 개의 화산이 전부였다. 그는 휴화산을 발판처럼 쓰곤 했었다. '이처럼 높은 산에서라면…' 그는 생각했다. '별 전체와 모든 사람들을 한눈에 볼 수 있겠는데……' 그러나 그는 매우 뾰족한 바위 꼭대기밖에는 볼 수 있는 게 없었다.

"좋은 하루." 그는 어찌 되었건 말했다.

"좋은 하루… 좋은 하루… 좋은 하루……." 메아리가 대답했다.

"당신들은 누구세요?" 어린 왕자가 말했다.

"당신은 누구세요… 당신은 누구세요… 당신은 누구세요……."

메아리가 대답했다.

"내 친구가 되어 줘요, 나는 혼자예요," 그가 말했다.

"나는 혼자예요… 나는 혼자예요… 나는 혼자예요……."

메아리가 대답했다.

'괴상한 별이네!' 그러고 나서 그는 생각했다. '전부 메마르고, 전부 날카롭고 그리고 전부 가까이하기 힘들어. 또한 사람들이 상상력이 부족해. 그들은 자신들에게 한 말을 따라 하고 있어… 내 별에서 내가 가진 꽃은, 그녀는 항상 먼저 말을 걸었었는데……'

　「대표님, 중간의 '당신은 누구세요'는 '당신들은 누구세요'의 오자죠?」

　원고를 읽고 소담 씨가 물어왔다.

　「아니에요. 」

　「왜요? 메아리니 어린 왕자가 한 말 그대로 되돌아와야 하는 게 아닌가요?」

「표기상으로는 그게 맞아요. 그러나 어린 왕자에게는 저것이 '당신은 누구세요?'로 들렸을 것 같아 그렇게 쓴 거예요.」

「네? 무슨?……」

「vous의 쓰임새를 생각해보세요.」

소담 씨는 여전히 이해가 안 되는 모양이었다.

「지구가 처음인 어린 왕자에게 높은 산 역시 처음이고, 메아리도 처음일 테죠. 사람을 찾아 산에 오른 어린 왕자는 누군가라도 대답해주길 바라며 저쪽을 향해 소리를 친 거예요. 'Bonjour.' 하고 말이에요. 보이지 않는 누군가가 똑같이 대답하죠. 봉주흐라고. 그 목소리가 저쪽 산에 부딪혀 공명되어 되돌아오죠. 그것도 한 번이 아니고 여러 번, 아주 약간의 시간차와 톤을 달리해서 말이에요. 따라서 메아리를 처음 겪어보는 어린 왕자는 그 목소리들이 여러 사람이 각자 자신에게 해오는 인사로 착각하는 거예요.

물론 되돌아오는 그 목소리는 자신의 것이니 곧, 전부 아이들의 목소리로 들렸을 테죠. 그래서 복수형으로 높임말로 묻는 거예요. 'Qui êtes-vous? 당신들은 누구세요?' 하고. 그러자 저쪽에서(사실은 자기 목소리지만) 역시 어린 왕자가 듣기에는 약간씩 차이가 나는 소리가 되돌아오는 거예요. Qui êtes-

vous… qui êtes-vous… qui êtes-vous… 하고. 어린 왕자에게
저것은 어떻게 들렸을까요? 과연 자신이 한 말 "당신들은 누
구세요?"로 들렸을까요? 아니죠. 자신은 혼자고 여러 아이들
이 자신의 인사에 답해오는 거라 생각하는 거예요. 그렇게 말
하는 당신은 누구세요? 당신은 누구세요? 하고요. 불어에서의
vous가 가진 특수성을 이용해 생텍쥐페리가 은유적으로 쓴
거죠. 그렇게 어린 왕자는 자기 같은 여러 아이들이 자신에게
2인칭 존칭을 써서 되물어오는 거라고 오해하는 거예요. 그래
서 앞에서 아이들끼리는 서로 존대를 하는(존중하는) 것으로
설정해둔 거기도 하겠고.」

  「아, 그럴 수 있겠네요.」

  「그럴 수 있겠네요, 가 아니라 그런 거예요^^」

  「ㅎㅎ네!」

  「저쪽에서 여러 명이 당신은 누구시냐고 높임말로 물어오
자 어린 왕자는 다시 이렇게 대답해요. "Soyez mes amis, je
suis seul." 번역하면, "내 친구가 되어 줘요. 나는 혼자예요." 물
론 여기서 seul을 '외롭다'고 해도 차이는 없죠. 그렇지만 저쪽
은 여러 사람이고 이쪽은 혼자이니, 당연히 '나는 혼자야'라고
하는 게 낫지 않을까 싶어서, '혼자'라고 한 거구요. 아무튼 메

203

아리는 다시 그 말을 똑같이 되돌려 보내는 것이구요. 그러고 나서 마지막 문장이 쓰이는 거죠. "지구라는 별은 전부 메마르고(사막), 전부 날카롭고(산봉우리) 그리고 전부 가까이하기 힘들어."라고.」

「이제 이해돼요. 대표님… 굳이 저걸 외롭다고 하지 않아도 어린 왕자가 정말 외롭게 느껴지네요…」

「네ㅎㅎ 참 소담 씨, 내일부터 휴가인 셈이네요?」

「ㅎㅎ 네, 대표님.」

「푹 쉬다 오세요^^」

「넵ㅎㅎ」

8.16.

지독한 더위다. 인쇄소를 비롯 제작업체와 유통업체가 휴가에 들어가 나 역시 쉬기로 하였다.

잠시 번역을 내려놓고 다른 책을 읽고 싶었다.

우연히 책꽂이의 『노인과 바다』 원서를 꺼내 펼치는데 첫 장에 이런 낙서가 되어 있었다.

젊은 날, 내가 글을 쓰기 시작했던 것은 세상과 화해하기 위해서였다.

지천명에 이르러 내 글쓰기는 세상과 불화하고 있다.

무엇이 문제일까?

아마 『이방인』 번역으로 한창 논쟁할 때 썼던 것 같다. 정말 내가 이상한 건지 번역이 이상한 건지 영문 소설을 구입해 보았던 기억이 났다. 마음만 그랬지 아마 제대로 읽지도 못했을 테다.

그 밑에는 이런 낙서도 되어 있었다.

조롱당한다.

격렬한 저항에 부딪힌다.

자명한 것으로 받아들인다.

쇼펜하우어의 '진실을 밟는 세 단계'다. 그러고 보니 이글을 쓰던 때의 심정이 또렷이 떠오른다. 이제 다 잊었다 생각했던 참담했던 기억들이 어느 구석에 고스란히 남아 있었던 것이다.

헤밍웨이의 『노인과 바다』가 발표된 직후 뉴욕타임스에는 이런 리뷰가 실렸다.

그(노인)는 단지 용감한 것만이 아니다. 그는 겸손하고, 부드러운 자존심을 갖고 있으며, 아름다움에 주목하고, 자연과 한 형제라는 의식에 가득 차 있다. 또한 그는 사랑할 줄 아는 마음을 지녔다. 이런 특성들은 이전의 '헤밍웨이 캐릭터'에서 흔치 않았다. 그것들은 존경할 만하고 헤밍웨이는 그것들을 존경하기에, 『노인과 바다』의 도덕적인 분위기는 신선할 만큼 건강하고, 노인의 시련은 감동적이다.

He is not only courageous. He is humble and gently proud, aware of beauty and filled with a sense of brotherhood with nature. And he has a loving heart. These attributes have not been common in Hemingway characters in the past. Since they are admirable and Mr. Hemingway admires them, the moral climate of "The Old Man and the Sea" is fresh and healthy and the old man's ordeal is moving.

_뉴욕타임스, 1952년 8월 28일 서평

우리가 읽은 『노인과 바다』는 저 리뷰와 얼마나 닮아 있을까? 적어도 내가 읽은 『노인과 바다』 번역서는 저렇지 않았다. 그 속에서는 적어도 '겸손하고, 부드러운 자존심'이나 '도덕적인 분위기'를 느낄 여지는 없었다. 그런데 원본은 달랐다. 그 속의 노인은 정말이지 다만 용감한 것이 아니었다. 그는 끊임없이 신에게 기도했고, 자신의 낚시에 걸린 물고기와 사투를 벌이면서도 그(물고기)에게 존경심을 표했다. 그야말로 그는 겸손했고 부드러운 자존심을 가지고 있었으며 자연(새와 물고기, 돌고래 등)을 형제처럼 여겼다. 그런데 우리의 『노인과 바다』는 어떤가?

역자들은 본문 속에 나오는 God이나 Christ를 '신'이나 '지저스'로 보지 않고, 현대 영어에서 흔히 쓰는 '제기랄' 같은 욕설로 바꿔놓고 있었다. 물고기를 가리키는 지시대명사 역시 일관되게 '놈'이나 '녀석'으로 비하하고 있었다. 기본적으로 인간이 아니라 고기니까 당연히 그렇게 부르는 게 낫겠다는 생각을 가졌을 테다. 그러나 원문에 그런 호칭은 결코 나오지 않는다. 그냥 동등한 입장에서, 의인화해서 3인칭 단수로 쓰고 있다.

그렇듯 우리의 『노인과 바다』는 주인공 노인의 '용기'와 '불굴의 의지'에만 초점이 맞추어 번역되었고, 그러다 보니 노인의 겸손함과 도덕적 분위기는 사라지고 없었다. 다만 고집스러운 늙은이의 모습만 남게 된 것이다.

그런데 그런 번역서가 학생들에게 반드시 읽어야 할 고전으로 추천되어 필독서로 읽힌다. 다만 『노인과 바다』의 문제만이 아니다. 이러한 책들이 학생들의 인성에 어떻게 작용할지 진지하게 고민해볼 필요가 있지 않을지…….

8.25.

「대표님, 『어린 왕자』 원고는 오늘 주시나요?」

휴가에서 복귀한 소담 씨가 네이트온으로 물어왔다.

「아, 아니요. 나도 게으름을 피웠어요. 휴가는 즐거우셨어요? 정말 10일 동안 줄곧 방콕?」

「아니요ㅎㅎ 프랑스에 잠깐 갔다 왔어요.」

「프랑스요?」

「네, 언니가 거기 있거든요. 어린 왕자 대신 조카들을 보고 왔어요ㅎㅎ」

「아, 그러셨군요. 휴가를 가서도 『어린 왕자』를 못 벗어나셨네요?」

언니가 프랑스 어디 사느냐는 등은 묻지 않았다. 가족이 프랑스에 있구나 하는 생각만 잠깐 했다.

「그러네요ㅎ 대표님도 휴가 다녀오셨다면서요?」

「난 청새치 바다낚시를 다녀왔어요. 걸프 스트림으로…」

「정말이요? 걸프 스트림이면… 멕시코 만류요???」

「하하, 농담이에요. 헤밍웨이라는 노인을 만나서 『노인과 바다』에 빠져 지냈어요ㅋ」

「아ㅎㅎ」

「원고는 시간이 좀 걸릴 듯!」

「넵~」

9.4.

XX

그러나 어린 왕자는, 오랜 시간 사막과, 바위들과 눈들을 가로질러 걸은 끝에, 마침내 길 하나를 발견했다. 그리고 길들은 전부 사람들에게로 향한다.

"좋은 아침이네요." 그가 말했다.

그곳은 장미가 가득 피어 있는 정원이었다.

"좋은 아침이에요." 장미들이 말했다.

어린 왕자는 둘러보았다. 그네들은 모두 자신의 꽃을 닮아 있었다.

"당신들은 누구세요?" 그는 어안이 벙벙해져서 물었다.

"우리는 장미들이에요." 장미들이 말했다.

"아!" 어린 왕자는 신음소리를 냈다…….

그리하여 그는 몹시 불행하다고 느꼈다. 그의 꽃은 그에게 자신 같은 종류는 우주에서 하나뿐이라고 말했었다. 그런데 여기 단 하나의 정원에 전부 비슷한 것이 오천 개나 있다니!

'그녀는 무척 기분이 상할 거야.' 그는 생각했다. '만약 그녀가 보면... 엄청나게 기침을 하고 우스꽝스러운 상황을 모면하기 위해 죽은 체할 테지. 그리고 나는 정말 어쩔 수 없이 마음을 써주는 체해야만 해, 왜냐하면, 안 그러면, 내게 또 한 창피를 주기 위해, 그녀는 자신을 정말 죽게 내버려 두려 할 테니까……'

그러고 나서 그는 다시 생각했다. '나는 유일한 꽃 한 송이로 부유하다고 믿으면서, 평범한 장미 하나에 급급했던 거야. 그것과 내 무릎만 한, 그중 하나는 아마 영원히 죽었을 화산 세 개가 나를 훌륭한 왕자로 만들어 주는 건 아니었는데……' 그리고, 풀밭에 누워서, 그는 울었다.

20장 번역을 넘겼다. 소담 씨로부터 네이트온으로 '확인했다'는 답신이 왔고, 오래지 않아 다시 글이 죽 떴다.

「지금까지 저는 이 장을 읽으면서 어린 왕자가 심술궂은 꽃이 싫어 자기 별을 떠나온 것을 원망하는 느낌을 받아 왔습니다. 그런데 대표님 번역을 보니 그런 맥락과는 조금 다른 것 같습니다. 어린 왕자는 자신의 꽃이 우주에서 유일한 게 아니라, 지구별 어디에서나 볼 수 있는 흔한 장미여서 슬펐던 것도 아니었군요? 사실은 자신이 '좋은 왕자'가 아니었다는 생각에 슬펐던 거군요……」

「네, 기존 번역서들도 그런 인상을 받게 되어 있더군요ㅜㅜ」

9.5.

『즐거운 사라』의 마광수 교수가 자택에서 목을 맸다는 기사가 포털에 떴다. 『즐거운 사라』는 내가 출판계에 입문했던 다음 해에 베스트셀러가 되었다가 사회의 풍속을 해친 음란물로 지정되어 판매금지 처분을 받았던 책이다. 그는 동료 교수들로부터 '교수의 품위를 실추시켰다'는 이유로 고소고발되어 실형을 살기까지 했다. 교수와 여대생이 음란한 섹스를 했다는 게 그 이유였다. 세상에! 현실도 아니고 소설에서 그랬다는 이유로! 이후로 그의 삶은 만신창이가 되었다.

이제 그가 죽고 나자 그에 대한 많은 글들이 쏟아져 나오고 있었던 것이다.

그분과 이어졌던 각자의 인연들에 대한 회고, 그의 작품에 대한 평가들, 그의 인간성에 대해, 시대와의 불화에 대해… 살아 있을 때와 달리, 대부분 그를 기리고 칭찬하는 글들이다.

아무렇든 그 모든 것 역시 한 단면일 테다. 한 인간에 대해 우리는 얼마나 알 수 있을 텐가. 확실한 것 하나는 있다. 어느 경우에도 누구든 '함부로 말해서는 안 된다'는 것.

어딘가에서 만난 이 문장으로 이제 나는 그를 정리하려 한다.

"틀린 게 아니라 그저 달랐던 사람을 인정하지 않은 시대, 권위주의를 향한 몇 번의 삿대질에 사회적 사형을 선고한 시대, 천재가 인기마저 얻자 패거리로 달려들어 인격살인을 한 시대가 마광수와 함께 스러졌다."라고.

9.7.

고전 소설의 오역을 지적하면 많은 사람들이 "그래서 원서로 보아야 해."라고 말한다. 그러나 그건 정말 잘못된 생각이다. 우리는 원서로 보면 모든 걸 오해 없이 볼 것 같지만 그건 그야말로 말도 안 되는 소리이다.

단순히 생각해봐도 책을 낸 역자들이, 보통 독자들보다 외국어 실력이 떨어져서 이러저러한 오역을 낳을 터인가. 결코 그렇지 않은 것이다.

아무리 뛰어난 실력을 갖추었다고 해도 보통 독자가 원어민이 아닌 이상, 원서로 원작의 섬세한 뉘앙스까지 따라 읽는다는 것은 불가능한 일이다. 실제로는 스토리를 따라 읽는 정도이지, 작품의 실제 감동은 그 너머에 있는 것이다. 하기에 번역자는 반드시 필요한 것이며, 바른 번역이 무엇보다 중요한 것이다.

번역은 다 그게 그럴 거라는 오해도 많이 한다. 큰 차이가 없을 거라 여기는 것이다. 그러나, 역자에 따라 작품은 천차만별이 된다. 어떤 것은 원작과 전혀 다른 작품이 된다.

9.15.

XXI

여우가 나타난 것은 그때였다.

"좋은 아침." 여우가 말했다.

"좋은 아침이에요." 공손하게 대답한 어린 왕자가, 뒤를 돌아보았지만, 아무것도 보이지 않았다.

"나는 여기 있어." 목소리가 말했다. "사과나무 밑에."

"당신은 누구야?" 어린 왕자가 말했다. "정말 멋지다……."

"나는 여우야." 여우가 말했다.

"나랑 같이 놀래?" 어린 왕자가 제안했다. "나는 많이 슬프거든……."

"나는 너랑 같이 놀 수 없어." 여우가 말했다. "나는 길들여지지 않았거든."

"아, 미안." 어린 왕자가 사과했다.

하지만, 깊이 생각한 후에, 그는 덧붙였다.

"'길들이다'가 무슨 뜻이야?"

"너 여기 사는 게 아니구나." 여우가 말했다. "너는 무엇을 찾고 있니?"

"나는 사람들을 찾고 있어," 어린 왕자가 말했다. "'길들이다'가 무슨 뜻이야?"

"사람들은, 총을 가지고 있고, 사냥을 해. 그건 정말 불쾌한 일이야!" 여우가 말했다. "그들은 또한 닭들을 키우지. 그게 그들의 유일한 수익이야. 너는 닭들을 찾고 있니?"

"아니야, 나는 친구를 찾고 있어." 어린 왕자가 말했다. "'길들이다'가 무슨 뜻이야?"

"그건 너무 잊혔어," 여우가 말했다. "그건 '관계를 맺는다' 라는 뜻이야."

"관계를 맺는다고?"

"물론이야," 여우가 말했다. "너는 아직 내게 수많은 작은 사내아이들처럼 한 작은 사내아이에 불과해. 그리고 나는 네가 필요하지 않아. 너 또한 내가 필요하지 않고. 나도 네게 수많은 여우들처럼 한 마리 여우에 지나지 않는 거야. 하지만, 만약 네가 나를 길들이면, 우리는 서로서로 필요하게 되는 거지. 너는 내게 세상에서 유일한 존재가 되는 거야.
나는 네게 세상에서 유일한 존재가 되는 거고……."

"이해하기 시작했어," 어린 왕자가 말했다. "꽃이 하나 있는
데… 나는 그녀가 나를 길들인다고 생각했어……."

"가능한 일이지," 여우가 말했다. "우리는 지구에서 별의별
일을 다 보니까……."

"아! 지구가 아니야!" 어린 왕자가 말했다.

여우는 몹시 당황한 듯했다.

"다른 별이라고?"

"응."

"사냥꾼들이 있니, 이 별에서처럼?"

"아니."

"오케이, 그거 흥미롭네! 그럼 닭들은?"

"없어."

"완벽한 건 아무것도 없지."

여우가 한숨을 쉬었다.

하지만 여우는 그의 생각
으로 돌아왔다.

"내 생활은 단조롭지. 나는

닭들을 사냥하고, 사람들은 나를 사냥해. 모든 닭들이 닮았고, 모든 사람들이 닮았어. 그래서 좀 지루해. 하지만, 만약 네가 나를 길들인다면, 내 생활은 햇볕이 드는 것 같을 거야. 나는 모든 다른 이들이 내는 것과는 다른 발자국 소리를 알게 되는 거지. 다른 이들의 걸음은 나를 동굴로 되돌아가게 해. 네 것은 나를 동굴 밖으로 불러낼 거야, 음악 소리처럼. 그리고 봐! 보이지, 저기 아래, 밀밭 말야? 나는 빵을 먹지 않아. 밀은 내게 아무 소용 없는 거야. 저 밀밭은 결코 나를 불러내지 못할 거야. 아무렇든, 슬픈 일이야! 하지만 너는 금빛 머리를 가졌어. 그러니까 네가 나를 길들이면 굉장한 일인 거야! 밀은, 금빛이니까, 내게 너를 떠올리게 할 거야. 나는 밀밭의 바람 소리도 좋아하게 되겠지……."

여우는 침묵하며 오랫동안 어린 왕자를 바라보았다.

"부탁인데… 나를 길들여 줄래!" 그가 말했다.

"나도 그러고 싶은데…" 어린 왕자가 대답했다. "하지만 나는 시간이 많지 않아. 나는 친구들을 찾아야 하고, 알아야 할 것도 너무 많아."

"우리는 우리가 길들인 것이 아니면 알 수 없는 거야." 여우

218

가 말했다.

"사람들은 더 이상 뭔가를 알기 위해 시간을 쓰지 않아. 그들은 가게에서 전부 만들어진 것들을 사지. 하지만 친구들을 파는 곳이 없는 것처럼, 사람들은 더 이상 친구를 가질 수 없어. 만약 네가 친구를 원한다면, 나를 길들이렴!"

"어떻게 하면 되는데?" 어린 왕자가 물었다.

"매우 참을성이 있어야 해." 여우가 대답했다. "너는 우선 나로부터 조금 떨어져 앉아서, 그렇게, 풀밭에 있는 거지.

나는 너를 곁눈으로 바라보고, 너는 아무 말도 않는 거야. 말은 오해의 근원이니까. 하지만 너는 매일, 조금씩 가까이 와서 앉을 수 있는 거지……."

다음 날 어린 왕자가 돌아왔다.

"같은 시간에 돌아왔으면 더 좋았을 텐데…" 여우가 말했다. "만약 네가, 예를 들어, 오후 4시에 온다면, 나는 3시부터 행복해지기 시작하겠지. 시간이 흐르면서 나는 더욱더 행복을 느낄 거야. 4시에, 이미, 나는 불안해하면서 걱정할 거야. 나는 기쁨의 값을 치르는 거지! 하지만 만약 네가 되는대로 온다면, 나는 결코 마음으로 옷 입을 시간을 알지 못할 거야. 의례대로 해야 해."

"의례가 뭐야?" 어린 왕자가 물었다.

"그것 또한 얼마간 잊혀진 거야," 여우가 말했다. "그것은 다른 날과는 다른 하루, 다른 시간과는 다른 한 시간을 만드는 거지. 예를 들어, 나를 잡으려는 사냥꾼 집에도, 의례가 있어. 그들은 목요일이면 마을 아가씨들과 춤을 춰. 그래서 목요일은 내게 굉장한 날이야! 나는 포도밭까지 산책을 나가는 거지. 만약 사냥꾼들이 되는대로 춤을 춘다면, 나날이 전부 같을 테니, 나는 쉬는 날이 없게 될 거야."

그렇게 어린 왕자는 여우를 길들였다. 그리고 떠날 시간이 다가왔다.

"아!" 여우가 말했다… "나 울음이 나."

"그건 네 잘못이야." 어린 왕자가 말했다. "나는 네가 아프 길 바라지 않았는데, 하지만 너는 내가 길들여 주길 바랐잖 아…."

"물론이야." 여우가 말했다.

"하지만 넌 울고 있잖아!" 어린 왕자가 말했다.

"물론이야." 여우가 말했다.

"그렇게 넌 얻은 게 아무것도 없네."

"얻은 게 있어," 여우가 말했다. "밀 색깔 때문에."

그러고 나서 그는 덧붙였다.

"장미들을 다시 보러 가. 너는 네 장미가 세상에서 유일하 다는 것을 이해할 거야. 내게 돌아와서 안녕이라고 말해 줄 래, 그러면 나는 네게 한 가지 비밀스러운 선물을 줄게."

어린 왕자는 장미들을 다시 보러 갔다.

"당신들은 내 장미와 전혀 닮지 않았어요. 아직 아무것도 아닌 거예요." 그는 말했다. "누구도 당신들을 길들이지 않 았고, 당신들은 누구도 길들이지 않았어요. 당신들은 내 여우 같은 거예요. 그는 수많은 여우들을 닮은 한 여우에 지나지 않았죠. 하지만 나는 친구로 만들었고, 이제 세상에서 유일한 게 된 거예요."

그러자 장미들이 무척 불편해했다.

"당신들은 아름다워요, 하지만 공허해요," 그는 다시 말했다. "누구도 당신들을 위해 죽어 줄 수는 없을 거예요. 물론, 보통 행인들은 내 장미가 당신들을 닮았다고 믿을 거예요. 하지만 하나뿐인 그것이 당신들 전부를 더한 거보다 내겐 더 소중해요, 내가 물을 주었던 게 그거니까요. 내가 유리구를 덮어 준 것도 그거니까요. 내가 바람막이 뒤로 피신시킨 것도, 내가 애벌레를 죽이게 한 것도 (나비가 되도록 두세 마리 남겨 둔 건 제외하고) 그거니까요. 내가 불평이나, 자랑을 들어준 것도, 혹은 가끔 침묵을 지켜 준 것도 그거니까요. 내 장미니까요."

그리고 그는 여우에게로 돌아왔다.

"안녕……." 그가 말했다.

"안녕," 여우가 말했다. "내 비밀은 말이야. 그건 매우 단순한 거야. 우리는 단지 마음으로만 볼 수 있는 거야. 절대로 필요한 건 눈에 보이지 않아."

"절대로 필요한 건 눈에 보이지 않는다." 어린 왕자는 기억하기 위해서 되풀이했다.

"네 장미를 그렇게 소중하게 만든 것은 네 장미를 위해 네가 들인 시간이야."

"내 장미를 위해 내가 들인 시간이다." 어린 왕자는 기억하기 위해서 되풀이했다.

"사람들은 이 진실을 잊고 있어." 여우가 말했다. "그러나 너는 그것을 잊어서는 안 돼. 네가 길들인 것은 영원히 네 책임이 되는 거야. 너는 네 장미에 대해 책임이 있어……."

"나는 내 장미에 대해 책임이 있다……." 어린 왕자는 기억하기 위해서 되풀이했다.

다른 장에 비해 상당히 길기에 그만큼 번역이 오래 걸리기도 했다. 아주 오랜만에 넘긴 번역 원고를 읽고 소담 씨가 메시지를 보내왔다.

「21장 여우와의 만남 장은 제가 가장 좋아하는 장인데, 역시 같은 듯 많이 다르네요? 솔직히 이렇게 번역될 수 있다는 게 놀라워요.」

「예를 들자면요?」

「"내 생활은 단조롭지. 나는 닭들을 사냥하고, 사람들은 나를 사냥해. 모든 닭들이 닮았고, 모든 사람들이 닮았어. 그래서 좀 지루해. 하지만, 만약 네가 나를 길들인다면, 내 생활은 햇볕이 드는 것 같을 거야. 나는 모든 다른 이들이 내는 것과는 다른 발자국 소리를 알게 되는 거지." 이 부분도 좋았어요. 다른 분은 이렇게 하고 있거든요.

'내 생활은 단조로워. 나는 닭을 쫓고, 사람들은 나를 쫓고. 닭들은 모두 그게 그거고, 사람들도 모두 그게 그거고. 그래서 난 좀 지겨워. 그러나 네가 날 길들인다면 내 생활은 햇빛을 받은 듯 환해질 거야. 모든 발자국 소리와는 다르게 들릴 발자국 소리를 나는 듣게 될 거야.'

「ㅎㅎ 정말 차이가 크군요. 저는 개인적으로 이 장에서 가장 좋아하는 문장이 이거예요.

"사람들은 더 이상 뭔가를 알기 위해 시간을 쓰지 않아. 그들은 가게에서 전부 만들어진 것들을 사지. 하지만 친구들을 파는 곳이 없는 것처럼, 사람들은 더 이상 친구를 가질 수 없어. 만약 네가 친구를 원한다면, 나를 길들이렴!"」

「그러네요. 지금 보니 저도 좋네요. 어떻게 100년 전에 저런 표현이 가능했을까요? 친구들을 파는 곳이 없으니 더 이상 친구를 가질 수 없다니 말예요.」

나는 평소처럼 소담 씨와 메시지를 주고받으면서도 뭔가 이전과 다른 느낌을 받았다. 이게 뭘까?… 그냥 그렇게 느껴서 그럴 수도 있었지만 왠지 평소와 다른 느낌이었다. 얼굴을 마주하고 나누는 대화라면 왠지 시종일관 안색이 굳어 있는 것 같다고나 할까? 그러고 보니 그녀가 항상 사용하던 멋져요, 좋아요 하는 이모티콘이 보이지 않았던 것이다. 그러다 보니 좀 단조로웠다.

「소담 씨 요즘 무슨 걱정 있는 거 아니죠?」

「네?」

「아니, 그냥 느낌이…?」

「아, 아니에요^^;」

「그래요. 우리 사장과 직원 관계 넘어 친구 사이 맞죠? 이렇게 번역으로 한마음을 맞추어가니 말이에요.」

「ㅎㅎ네.」

「그럼 됐구요. 어려운 일 있으면 상의해주세요. 나한테 직접 힘들면 편집장에게라도…」

「ㅎㅎ네.」

「이제 작품으로 돌아와서, 어색한 곳은 없었나요?」

「별건 아닌데… "내 비밀은 말이야. 그건 매우 단순한 거야. 우리는 단지 마음으로만 볼 수 있는 거야. 절대로 필요한 건 눈에 보이지 않아."라고 하셨는데, 사실 이 부분을 대부분의 사람들이 "가장 중요한 건 눈에 보이지 않아."로 알고 있을 텐데요. 워낙 유명한 말이니 말이에요.」

「좋은 지적이에요. 결국 essentiel의 문제인데, 저 단어에 '중요하다'는 의미가 없는 건 아니지만, 저는 좀 다르게 생각했어요. 사실 작가는 '중요하다, 소중하다'의 의미로 바로 밑에 'importante'를 쓰고 있거든요.

「아, 그런가요?」

「"네 장미를 그렇게 소중하게 만든 것은 네 장미를 위해 네가 들인 시간이야." C'est le temps que tu as perdu pour ta rose qui fait ta rose si importante.에서의 importante 말이에요. 따라서 이 문장에서의 essentiel은 단순히 중요함을 넘어 뭔가 근본적인 지점에 닿아 있다고 보여져요. 저 단어의 용언도 그렇구요. 그래서 '절대로 필요한'이라고 한 건데… 많이 이상한가요?」

「아, 설명을 듣고 보니, 대표님 번역이 나은 것 같아요. 저는 괜찮습니다.」

226

「감사해요. 어린? 친구님^^」

「ㅎㅎ」

「그래도 이 장의 압권은 마지막 문장일 거예요. "사람들은 이 진실을 잊고 있어. 그러나 너는 그것을 잊어서는 안 돼. 네가 길들인 것은 영원히 네 책임이 되는 거야. 너는 네 장미에 대해 책임이 있어……."」

「네, 저도 마음에 들어요.」

「그래요. 우리 시작은 그 달구벌이라는 이의 편지로부터 촉발된 것이지만, 이『어린 왕자』에 대해 끝까지 함께 책임지기로 해요. 공동책임이 있다는 얘기.」

「네, 알겠습니다. 대표님^^」

9.21.

XXII

"좋은 아침." 어린 왕자가 말했다.

"좋은 아침." 선로변경원이 말했다.

"당신 여기서 뭐 해?" 어린 왕자가 말했다.

"나는 여행객들을 분류하지, 천 명을 기준으로." 선로변경원이 말했다. "나는 그들을 태운 기차를 보내는 거야, 때로는 오른쪽으로 때로는 왼쪽으로."

그때 갑자기 환한 조명을 밝힌 특급열차 한 대가, 천둥소리처럼 우르릉거리며, 선로변경원의 통제소를 흔들었다.

"굉장히 급한 모양이네…" 어린 왕자가 말했다. "그들이 찾고 있는 게 뭘까?"

"그건 사실 기관사조차 모르지." 선로변경원이 말했다.

그때 갑자기, 반대 방향에서, 다음 특급열차가 요란한 소리를 냈다.

"그 사람들이 벌써 오는 거야?" 어린 왕자가 물었다.

"그건 같은 게 아니란다…" 선로변경원이 말했다. "교체하는 거지."

"자기들이 있던 곳이 만족스럽지 못했던 모양이지?"

"어디에 있든 결코 만족 못하지." 선로변경원이 말했다.

그리고 조명이 켜진 세 번째 특급열차가 천둥소리처럼 우르릉거렸다.

"저 사람들은 먼젓번 승객들을 뒤쫓아 가나 보지?" 어린 왕자가 물었다.

"아무것도 뒤쫓는 건 아니야." 선로변경원이 말했다. "그들은 거기서 잠을 자거나, 하품을 하고 있어. 단지 아이들만 창유리에 코를 박고 있을 테고."

"단지 아이들만 그들이 찾고 있는 게 뭔지 아는 거네." 어린 왕자가 말했다. "헝겊 인형을 위해 시간을 보내면서, 그게 정말 소중한 게 돼서, 누군가 자신들의 것을 빼앗으려 하면, 울면서 말야……."

"그들은 다행이구나." 선로변경원이 말했다.

22장 번역을 읽고 소담 씨가 메시지를 보내왔다.

「내용 좋습니다. 이제 정말 얼마 안 남았네요? 화이팅!」

「ㅎㅎ 감사. 그런데 뭔가 이상한 느낌 받지 못했나요?」

「네? 무슨…?」

「나는 사실, 예전에 이 장을 읽었을 때, 야간열차 이야기를 하고 있다고 생각했거든요? 그런데 번역을 해보니 그게 아니었어요.」

「…?」

「왜 그랬을까 생각해봤어요. 그건 역시 저 인사말 때문이었던 거예요.」

「봉주흐요?」

「그래요. 그래서 혹시나 싶어 확인해봤어요. 이전에 내가 읽은 『어린 왕자』는 이렇게 되어 있더군요.

"안녕하세요." 어린 왕자가 말했다.

"안녕." 전철수轉轍手가 말했다.

"아저씬 여기서 무얼 하세요?" 어린 왕자가 물었다.

"나는 여행자들을 가르고 있지, 천 명씩 묶어서." 전철수가 말했다. "그들을 싣고 가는 기차를 어느 때는 오른쪽으로, 어느 때는 왼쪽으로 보내고 있지."

그때 불을 환하게 켠 급행열차가 천둥 치듯 우르릉거리면 전철수의 경비실을 흔들었다.

이것만 읽으면 어떤 그림이 그려질까요? 열이면 열, 전조등을 밝히고 달리는 '야간열차'를 떠올릴 거예요. 그렇지 않은가요?」

「그러네요.」

「나 역시 그랬던 거예요. 그런데 프랑스 독자들도 그랬을까요? 아니 그들까지 갈 것도 없이 원서를 본 소담 씨도, 처음부터 Bonjour라는 인사의 이미지부터 뇌리에 담고 들어가니까 저것을 밤 열차로 오해할 하등의 이유가 없었지만 그냥 우리말만 본 독자는 전혀 다른 광경을 연상했을 거라는 것이죠.」

「아…」

「우리 독자들은 저기서 절대 아침을 떠올릴 수 없다는 거예요. 그냥 자연스럽게 '안녕'이라는 인사말이 나오고 읽어나가면 '불을 환하게 켠' 야간열차가 연상되는 거지요. 정리하면, 프랑스인들은 Bonjour를 보는 순간 자연스레 낮을 떠올리고, 다음 줄의 illuminé를 보면서 아주 이른 아침, 혹은 새벽임을 알게 되는 거예요. 바로 Bonjour라는 인사 속에 그와 같은 시간적 배경이 담겨 있기 때문이죠. 그런데 우리 역자들은 아무 생각 없이 인사니까 그냥 '안녕'이라고 한 것이고, 그러고 나자 시간적 배경이 사라져버렸고, 오히려 뒤에 나오는 'illuminé'로 인해, 불을 켜고 달리는 야간열차를 연상하게 만들어버린 거예요. 물론 이건 번역자의 잘못이라기보다는 우선 인사말이라는 문화적 차이에서 오는 것이지만, 번역가는 이 차이를 어찌되었건 알려주었어야만 한다는 거죠.」

「정말 그러네요.」

9.28.

요즘 전국 서점 베스트셀러 1위 자리를 지키고 있는 책을 읽었다. 역사에세이였다. 재미있었다. 책을 다 읽고 서문을 돌아보았다. 이런 말이 써 있었다.

이 책에는 인용문이 많다. 르포는 사실을 토대로 써야 하고 역사에 관한 르포에서는 보고 대상으로 선정한 역사서의 문장이 사실과 같은 지위를 가지는 만큼 인용문이 많은 것은 불가피하고 자연스러운 일이다. 그런데 원서나 번역서 문장을 그대로 옮긴 경우는 거의 없으며 대부분 내용을 압축하고 문장구조를 바꾸어 요약 인용했다. 이렇게 한 데는 두 가지 이유가있다.

첫째는 지면을 아끼기 위해서다. 원문을 그대로 옮기면 인용문이 지나치게 길어졌고, 꼭 필요한 문장만 발췌하면 문맥이매끄럽게 이어지지 않았다. 한정된 지면에 중요한 내용을 되도록 많이 소개하려면 원문의 정보와 분위기를 최대한 살리되과감하게 요약할 수밖에 없었다. 둘째는 독자의 편의를 위해서다. 어떤 책은 원문 자체가 너무 난해했다. 어떤 번역서는 원서의 문장 순서 그대로 우리말로 바꾼 탓에 원서로 읽을 때보다 더 이해하기 힘들었다. 그대로 옮기든 발췌해서 옮기든, 문장을 손보지 않으면 본문과 인용문의 스타일과 분위기가 너무 달라서 마치 음정이 흔들리는 노래를 듣는 것처럼 불편했다. 어쩔 수 없이 발췌 요약한 인용문의 스타일을 본문과 비슷하게 수정했다.

역시 그랬다. 책을 읽고 인용한 번역서들의 번역이 너무 깔끔해서 인문서들의 번역은 이렇게 잘되었나 싶어서 작가의 말을 되돌아보게 된 것인데, 사실 이 말은 앞뒤가 맞지 않는 말이다.

우선 작가는 "르포는 사실을 토대로 써야 하고 역사에 관한 르포에서는 보고 대상으로 선정한 역사서의 문장이 사실과 같은 지위를 가지는 만큼…"이라는 말로 원문의 중요성을 강조하고 나서 바로 뒤에서, (이유야 어찌 되었건) 자신이 그 원문을 수정했다고 하고 있는 것이다.

어떤 번역서는 원서의 문장 순서 그대로 우리말로 바꾼 탓에 원서로 읽을 때보다 더 이해하기 힘들었다. 그대로 옮기든 발췌해서 옮기든, 문장을 손보지 않으면 본문과 인용문의 스타일과 분위기가 너무 달라서 마치 음정이 흔들리는 노래를 듣는 것처럼 불편했다. 어쩔 수 없이 발췌 요약한 인용문의 스타일을 본문과 비슷하게 수정했다.

결국 이 말은 원문 그대로가 아니라 자신의 필요에 따라 의역하고 재구성했다는 것에 다름 아니다. 그것도 역사서를 논하면서. 작가가 스스로의 서술 방식을 부정하고 있는 것이다. 다른 사람은 잘못될 수 있을 수 있지만 자신은 대놓고 원문을 자기식으로 고쳐도 된다는 말일까? 그럴 리는 없을 테니, 이건 아니라고 본다.

A라는 전제를 가지고 B를 도출해내는데 그 A를 필요에 따라 의역하고 윤문해서 B를 만들어내는 것은 결코 해서는 안 되는 일이다.

작가는 글 밑에 원전을 밝히고 있으니 필요하면 읽어보라고 하는데, 실상 이런 유의 글은 그 원전의 번역부터 정확히 이루어진 다음에나 가능한 글일 테다. 그런데 원문을 주註로 다는 것이 무슨 의미가 있을 텐가. 그냥 자기식의 에세이라면 모를까. 눈속임인 것이다. 번역에 대한 우리 지식인들의 일단을 읽는 것 같아 씁쓸했다. 책은 재미있었다.

10.9.

올해 노벨문학상 수상자로 작년에 이어 다시 무라카미 하루키가 유력한 후보로 거론되는 모양이다. 우리는 언제나 그렇듯 고은 시인이었고. 노벨문학상은 따로 후보가 없고 도박사들의 예측이 어느 정도 맞힌 경향이 있어 그에 따라 기사화되는 것인데, 내가 보기엔 저 둘 모두 수상 가능성이 전무한데도 매년 때만 되면 이름이 상위 순위에서 언급되고 있다. 일단 무라카미 하루키의 작품세계는 절대 노벨문학상이 추구하는 이상과 동떨어져 있다. 고은의 경우는, 이맘때만 되면 카메라 맨들이 그분 집 앞에서 진을 치고 있었던 게 거의 20년째지만 역시 그가 수상할 확률은 거의 전무하다.

이유는⋯ 누가 뭐래도 번역 문제 때문이다. 도대체 고은의 시를, 황석영, 조정래의 소설을, 제대로 번역해낼 수 있는 사람이 과연 우리 사회에 있기는 한 것일까? 카뮈를 겪고 나자 나는 그 우려가 더욱 확고해졌다.

제대로 씨도 뿌리지 않고 수확할 생각만 하고 있는 우리들, 이 민망한 상황은 언제쯤에나 끝이 나려나?

10.11.

올해의 노벨문학상은 가즈오 이시구로라는 작가에게 돌아갔다. 일본계 영국인이다. 일본어는 잘 모른다고 한다. 그의 모든 작품은 영어로 쓰여졌다. 『어린 왕자』가 영어로 먼저 출판되었지만 정작 작가인 생텍쥐페리는 영어를 몰랐다고 하니 비슷한 맥락인가?

가즈오 이시구로의 수상은, 지난해 미국의 팝 가수 밥 딜런이 수상자로 선정돼 적잖은 논란을 불러일으킨 때문에 한림원이 올해는 '전통적 문학성의 회복'을 상징할 만한 작가로 그를 택했을 거라는 기사를 보았다.

전통적 문학성의 회복이라고? 번역은 잘되어 있는 걸까? 궁금해서 인터넷 서점을 통해 언론에서 언급하는 대표작 『남아 있는 나날』을 즉시 주문했다.

10.12.

배달된 책을 꺼내보고 나는 좀 의아했다. 표제로 박힌 원제가 'The remains of the day'였다. 『남아 있는 나날』은 영어로 'The Remaining Days'쯤이 될 테다. 세상에… A of B는 'B의 A'

로 원제대로라면 '그날의 유적'쯤이 된다. 설마… 가끔 착각할 수도 있다. 물론 출판사의 마케팅을 고려한 의도적인 제목 변경일 수도 있다. 그러나 절대 그럴 리 없다. 그랬다면 어딘가에 그런 이유라도 설명했어야만 한다. 더군다나 '노벨문학상'까지 받은 마당이니, 당장에라도 인터넷 서점 정보란에 추가정보를 올릴 수도 있었을 테다. 그런데 아직까지 그렇게 하지 않았다면, 의도적인 게 아님이 분명했다. 그렇다면 아직까지 틀린 걸 모르고 있을 수도 있다는 이야기다. 국제적인 망신이 아닐까? 세상을 전부 속일 수는 없다. 이제 곧 누군가 지적하고 나올 텐데… 역자는, 혹은 출판사는 어떤 이유를 내놓을까?

10.13.

카뮈 『이방인』이 이제 입소문을 통해, 우리 사회에 새롭게 뿌리를 내려가고 있는 것은 분명해 보인다. 계속해서 올라오는 제대로 된 리뷰들과 교보문고를 중심으로 전 서점에서 골고루 판매가 이루어지고 있다는 점에서도 그것을 확인할 수 있다.

알라딘 한 서점만 두고 보았을 때는, 역자노트를 뺀 페이퍼백 『이방인』을 낸 6월 이후 꾸준히 판매가 늘어, 지난주 고전 소설 주간 2위에까지 올라왔었다. 그런데, 기존 가장 많이 읽히던 『이방인』의 판매를 넘어서는 것에 위기감을 느낀 때문인지(^^;), 갑자기 이런 악플이 또 하나 올라왔다.

이런 괴상한 번역 읽고 기성 권력에 대항하는 지적 레지스탕스가 된 양 행세하지 맙시다. 유사번역.

리뷰는 길게 쓸 필요도 없다. 이런 이들의 목적은 별점 하나를 주면서 기존 것을 까내리는 것으로 족한 터이니. 실제로 9점대이던 별점은 7점대로 내려앉았고, 책 내용을 보러 들어온 독자 눈에는 가장 맨 위에 올라와 있는 저 글만 보일 수밖에 없다. 내가 독자라도 저런 악플이 달린 책을 굳이 사고 싶은 마음은 들지 않을 것이다. (실제로 책 판매는 급감했고, 오늘 보니 순위가 15위다.)

저런 이들의 공통점은 저 주소가 급조된 유령의 것이라는 것인데, 문제는 이런 악플 하나 하나가 별게 아닌 듯해도 실제로는 통한다는 사실일 테다.

좀더 근원적인 부분을 들여다보면, 저런 일을 별 죄의식 없이 벌일 수 있는 이의 인성에 대한 것이다.

그들은 결코 책을 읽지 않는다. 가짜 뉴스든 악플이든, 사람들이 진정으로 공감하는 책은 읽지 않는다. 그냥 주워들은 것을 짜깁기해서 제 나름으로 정리해 사고하는 것이다. 저렇듯 제법 그럴싸한 수사를 사용해.

한 걸음 더 나아가, 나는 많은 독서가 꼭 좋은 것만도 아니라고 생각한다. 이유 없는 베스트셀러나 엉터리 책들은 오히려 개인의 인성을 망쳐버릴 수 있기 때문이다. 우리는 무조건 많은 책을 읽으면 좋다는 말을 듣고 자랐고, 하고 있지만, 나는 경험적으로 그건 아니라고 생각한다. 외곬의 독서는 오히려 책을 읽는 이들에게 바른 인식을 키우기보다는 아집을 키워주기 때문이다.

그런 점에서 방송이나 언론을 통해 책을 추천하고 권하는 이는 정말 중요하고 신중해야 한다.

한 권의 책이 그야말로 한 사람의 인생을 바꾸어버릴 수도 있기 때문이다.

평생 책을 사보지 않다가, 유명인이 정말 좋은 책, 재미있는 책이라고 해서 큰맘 먹고 사서 읽었는데, 정말 좋은지도, 재미있는지도 모르겠다면, 그 사람이 다시 책을 사볼 생각이 들기까지는 다시 수십 년이 걸릴 수도 있기 때문이다.

무엇보다 좋은 책으로 인성이 함양된 이에게는 결코 '가짜 뉴스'나 유령이 쓴 '악플' 따위가 통할 리 없다. 사람들에게 통하지 않는 가짜 뉴스나 악플이 횡행할 이유가 없게 되는 것이다.

10.19.

별 관심을 두지 않았었는데, 역시 다른 사람도 『남아 있는 나날』에 대한 제목의 오역을 지적한 모양이다. 출판사 측 변명이 역시 마케팅을 위해 의도적으로 그렇게 했다는 것이다. 그걸 모를 리 있었겠느냐는 것. 우습지만 예상된 변명이다. 그렇다고 확신한 것은 본문을 보고 나서다. 읽다 포기하고 원본을 구해 첫 장을 대조해보니, 역시 의역이 너무 심했다.

그런저런 내용을 개인 블로그에 올리고 잊기로 했다. 그러거나 말거나 언론이나 독자들은 별 신경도 안 쓸 테지만. 씁쓸했다.

10.20.

소담 씨와 번역 이야기를 나누다가 왜 이렇게 오역이 많을까, 하는 문제에 이르렀다.

「조금만 더 신경 쓰면 될 텐데 왜 우리는 그러지 못하는 걸까요?」

「책 한 권을 제대로 번역하려면 얼마나 걸릴까요? 내 생각엔 꼬박 번역만 하고 있지 않는 이상 빨라도 6개월에서 1년은 걸릴 거라 생각해요. 그 정도로 번역을 해서 받는 돈이 얼마나 될까요? 보통 전작이라면 500만 원, 인세 계약이라면 200, 300만 원쯤 되려나요? 그런데 그런 정도로는 평균적인 가정의 월 생활비도 안 되는 거예요. 솔직히 말해서 우리의 번역이 나아질 수 없는 가장 근본적인 원인이 거기에 있다고 봐요.」

「출판사에서 대우를 잘해주면 되지 않을까요?」

「모든 출판사가 전부 그러고 싶겠죠. 그런데 현실이 따르지 않는 거예요. 직접 번역을 해보니 알겠는데, 외국어 실력과는 별개로, 누구라도 정말 제대로 된 번역을 하려면 절대적 시간이 필요한 거 같아요. 잘된 작품일수록 사실은 첫 문장부터 마지막 문장까지 절묘하게 연결되어 있는 것이니, 그걸 완전히 이해하고, 몇 번을 수정하지 않으면 결코 좋은 번역이 될 수 없거든요. 그걸 한두 달 만에 후르륵 해치우고 끝낸다는 것은 말도 안 되는 거예요. 번역은 외국어 실력의 문제가 아니거든요. 그런데 그렇게 후르륵 끝낸 번역서가 과연 독자들로부터 얼마나 호응을 받을 수 있을까요? 고전은 어렵다는 말은 그래서 나오기도 하는 건데, 재미가 있을리 없으니 판매도 한정적일 수밖에 없을 테지요. 그러면 그 부담은 출판사가 몽땅 지게 되어 있는 거예요. 문제는 또 그렇게 세상에 알려지지 않은 번역가를 찾아내 공들여 번역을 해서 내면 보통 사람들의 인식이 또 번역이 다 그게 그거려니 생각하고 그간 익숙해 있는 이름 있는 역자, 출판사의 책을 먼저 찾게 되는 거구, 그러면 다시 누구라도 초기에 가졌던 의욕을 상실하고 양으로나 승부하자 하는 마음을 갖게 되는 것이지요. 그만큼 현실이 녹록지 않은 거죠. 그렇다고 번역을 의뢰하는 출판사들이 되풀이 돈을 내어줄 수도 없는 일이고요. 그게 한두 번은 투자하는 셈 치고 가능할 수 있지만, 출판도 사업이니 들어간 비용만큼 돌아나오는 게 있어야 하는데 그렇지 못한 경우가 대부분이라는 거죠.」

「쉽지 않은 일이군요…」

「소담 씨도 나중에 번역가가 되고 싶다고 하셨죠? 뭔가 좋은 방법이 있을지 고민해보시죠?」

「ㅎㅎ넵」

XXIII

"좋은 아침." 어린 왕자가 말했다.

"좋은 아침." 상인이 말했다.

그 사람은 갈증을 가라앉히는 완벽한 알약을 파는 상인이었다. 일주일에 한 알을 삼키면, 더 이상 물 마실 필요를 느끼지 않게 되는 것이다.

"당신은 왜 그것들을 파는 거야?" 어린 왕자가 물었다.

"시간을 많이 절약해 주거든," 상인이 말했다. "전문가들이 계산을 해봤거든. 일주일에 53분을 절약해 주지."

"그러면 그 53분을 어디에 써?"

"원하는 걸 하는 거지⋯⋯."

'나라면⋯' 어린 왕자는 생각했다. '만약 내게 53분이 주어

지면, 나는 아주 천천히 샘을 향해 걸을 텐데⋯⋯.'

「짧지만, 지금까지 대표님이 말씀하신『어린 왕자』바로읽기

에 대한 전부가 요약되어 있는 거 같아요.」

『어린 왕자』에서 가장 짧은 장이랄 수 있는 23장을 읽고 소

담 씨가 보내온 내용이었다.

「그런가요? 어째서요?」

「우선 Bonjour를 그냥 '안녕'이라고 하면 안 된다는 점, 문장

의 존칭 문제, 대명사 문제 등 말이에요.」

「의식하지 못했는데 듣고 보니 그러네요.」

「다른 분 번역과 비교해보았습니다.

"안녕하세요." 어린 왕자가 말했다.

"안녕." 장사꾼이 말했다.

그는 목마름을 달래 주는 최신 개량 알약을 파는 사람이었다.

일주일에 한 알만 먹으면 다시 목이 마르지 않는다는 것이다.

"아저씨는 왜 이런 것을 팔죠?" 어린 왕자가 말했다.

이런 식으로 되어 있네요. 저기서 Bonjour를 이분처럼 그냥

244

'안녕'이라고 하면 지금 이야기의 시간적 배경을 알 수 없다는 거잖아요. 즉 밤인지 낮인지조차. 그리고 Pourquoi vends-tu ça? 의 tu를 '아저씨'라고 의역함으로써 둘의 말투도 문법에 맞지 않게 뒤틀어 놓은 것이구요. 어린 왕자는 반말을 하고 있으니까요. 그래서 전체 뉘앙스가 다른 느낌을 주게 되는 것이고… 영역본도 찾아봤습니다.

"Good morning," said the little prince.

"Good morning," said the merchant.

This was a merchant who sold pills that had been invented to quench thirst. You need only swallow one pill a week, and you would feel no need of anything to drink.

"Why are you selling those?" asked the little prince.

영역본 역시 Bonjour를 Good morning으로 marchand를 가리키는 tu를 처음부터 끝까지 you라고 받고 있네요.」

「넵, 바로 보셨네요. 역시 이제 소담 씨가 번역을 하시면 저보다 더 잘하실 것 같습니다ㅎㅎ」

「^^; 그런데 대표님, 얼마 전 저보고 바른 번역 문제에 대해 고민해보라고 하셨잖아요?」

「아, 네, 그랬죠.」

「공개적으로 역자를 모집해보면 어떨까요?」

「번역가를 공모한다?」

「의외로 실력 있고 의식 있는 분들이 많을 거 같아요. 그런 분들에게 기회를 주면 기존의 번역자분들보다 훨씬 자유롭게 번역을 할 수 있지 않을까요? 대표님 주장대로 직역을요.」

「재미있는 발상이네요. 음, 같이 고민해봅시다.」

10.30.

백선희 님이 『여자의 일생』 번역 일부와 의견을 보내왔다고 편집장이 아침회의 시간에 알려왔다.

《르 피가로 리테레르》지가 프랑스 고전 작가들의 판매 부수를 집계한 적이 있어요. 2004년 1월부터 2012년 1월까지 8년 동안 장르에 상관 없이 가장 많이 팔린 작가가 누구였을까요? 많은 독자들이 프루스트, 뒤마, 생텍쥐페리를 예상했는데, 의외로 1위는 기 드 모파상이었답니다. 380만 부가량 판매된 모파상에 이어 몰리에르, 에밀 졸라, 알베르 카뮈, 빅토르 위고 순이었죠. 그뿐 아니라 모파상, 졸라, 위고, 발자크 등의 고전 작가들은 50년째 여전히 가장 많이 읽히는 작가로 굳건히 자리 잡고 있어요.

모파상의 첫 장편소설로 1883년에 발표되자마자 극찬을 받고 전 세계 독자들의 사랑을 받아온 이 작품도 그런 불멸의 고전 작품 가운데 하나예요. 저자가 이 작품에 붙인 제목은 'Une vie', 즉 '어느 인생' 혹은 '일생'을 의미하죠. 그런데 우리나라에는 '여자의 일생'으로 번역되어 알려져 있구요. 어쩌다 이런 제목으로 굳었을까 궁금해서 자료를 뒤져 보았어요. 우리나라에 처음 출간된 판본은 김기진 번역의 『녀자의 한평생』(박문서관, 1926년. 서강대 로욜라도서관 소장.)인 것 같더군요. 김기진은 일본어판 『女の一生』(히로쓰 가즈오 역, 1916년.)을 중역한 것으로 추정되고, 영문학을 공부한 히로쓰 가즈오는 아마도 영문판을 중역하면서 당시의 영어 번역본 제목 'A woman's life'를 그대로 옮긴 듯해요. 김기진 번역본 이후로 검색되는 우리말 번역본 가운데 가장 오래된 것은 『여자의 일생』(박영준 번역, 문성당, 1954년.)인데, 이후 쏟아진 수많은 번역본이 모두 '여자의 일생'이라는 제목으로 출간되었구요.

...

    그러고 보니 『여자의 일생』의 원제는 'Une Vie'였다. Vie가 여성 명사라고는 해도 저 자체로는 여자라는 말이 들어갈 수는 없는 것이었다. 역자의 말대로 바로 직역하면, 그냥 '일생'이나, '어느 인생'쯤이 될 터였다. 그런데 이 잘못된 제목이 역시 100년을 이어왔다는 이야기였다. 결국 일본판의 영향을 받고, 거기서 벗어나지 못한 채, 세상에나. 나는 편집장에게 고맙다는 말씀과 함께 당연히 원래의 제목을 찾아주었으면 좋겠다는 의견을 드리도록 했다. '일생'으로 할지 '어느 인생'으로 할지는 번역이 다 끝나면 자연스럽게 드러날 터이니 그때 결정해도 늦지 않을 것 같다는 말과 함께.

10. 31.

    퇴근 무렵 소담 씨가 메시지를 보내왔다.

「대표님, 아직 다음 장 번역이 안 되신 모양이죠?」

    그러고 보니 며칠째 『어린 왕자』 번역을 넘기지 못하고 있었던 것이다. 여러 일들이 겹쳐지기도 했지만, 진도가 잘 나가지 않은 측면도 있었다. 새벽이면 거의 어김없이 일어나 책상에 앉았지만, 어렵게 번역을 하고 읽어보면 어딘지 성이 차지 않았다. 24장 한 문장에서 막혀서 앞뒤를 오가다 던져버리고, 다른 일을 핑계로 며칠을 보낸 것이다.

그러고 보니 10월의 마지막 날이었다. 오늘은 밤을 새워서라도 24장을 마무리하자라고 결심하며 네이트온 창에 적어 넣었다.

「고마워요. 내일은 꼭 넘길게요. 소담 씨 아니었으면 또 그냥 흘러버릴 뻔했네요. 좋은 밤, 꼬마 친구님!」

11.1.

XXIV

우리는 엔진 고장으로 사막에서 8일째를 맞았고, 나는 비축해 둔 물의 마지막 한 방울을 마시면서 그 상인의 이야기를 들었다.

"아!" 나는 어린 왕자에게 말했다. "정말 멋지구나, 네 기억들은, 하지만 나는 아직 내 비행기를 고치지 못했고, 더 이상 마실 게 전혀 없으니, 나 역시, 만약 샘을 향해 아주 천천히 걸을 수 있다면, 정말 행복하겠는데!"

"내 친구 여우는…" 그가 말했다.

"내 꼬마 친구님, 더 이상 여우가 문제가 아니겠는데!"

"왜?"

"왜냐하면 우리는 갈증으로 죽게 될 테니까……."

그는 내 이성적인 생각을 이해 못했는지, 내게 대답했다.

"친구가 있다는 건 좋은 거야, 설령 우리가 죽는다 하더라도 말야. 나는, 정말 나는 여우 친구를 가지고 있었던 게 기뻐……."

'그는 위험을 측정하지 못하는 거야.' 나는 생각했다. '그는 결코 배가 고프거나 갈증이 나지 않는 거야. 약간의 햇볕이면 그에겐 충분한 거지……'

하지만 그는 나를 바라보고는, 내 생각에 대답했다.

"나도 목이 말라… 우물을 찾아봐……"

나는 피곤하다는 몸짓을 했다. 광대한 사막에서, 되는대로, 우물을 찾는다는 건 터무니없는 짓이었다. 그럼에도 불구하고, 우리는 걷기에 이르렀다.

우리가 여러 시간을 걸었을 때, 정적 속에서, 밤이 내려앉았고, 별들이 빛을 발하기 시작했다. 나는 갈증으로 인해 약간의 미열을 가지고, 그것들을 꿈결처럼 얼핏 보았다. 어린 왕자의 말이 내 기억 속에서 춤을 췄다.

"그런데 너도 목이 마른 거니, 정말?" 내가 물었다.

그러나 그는 내 질문에 답하지 않았다. 그는 간단히 말했다.

"물은 마음에도 좋을 수 있잖아……."

나는 그의 대답을 이해할 수 없었지만 내색하지는 않았다… 나는 의심의 여지가 없다는 것을 잘 알았던 것이다.

그는 지쳐 있었다. 그가 앉았다. 나는 그의 옆에 앉았다. 그리고, 정적 후에, 그가 다시 말했다.

"별들이 아름다운 건, 우리가 볼 수 없는 어떤 꽃 때문일 거야……."

나는 "물론이지"라고 대답하고는 말없이, 달빛 아래 놓인 모래 능선을 보았다.

"사막은 아름다워." 그는 덧붙였다…….

그것은 사실이었다. 나는 언제나 사막을 사랑했다. 모래언덕에 앉으면 아무것도 보이지 않는다. 어떤 것도 들을 수 없다. 그렇지만 정적 속에서 빛나는 무언가가 있다.

"사막이 아름다운 건," 어린 왕자가 말했다. "어딘가에 우물

251

을 숨기고 있어서야……."

나는 모래밭의 이 신비스러운 광채를 갑작스레 깨닫고는 놀라지 않을 수 없었다. 어린 소년이었을 때 나는 오래된 집에 살았고, 거기에 보물이 묻혀 있다는 전설이 있었다. 물론, 그것을 찾을 수 있는 사람은 아무도 없었으며, 또한 찾으려는 사람조차 없었을 것이다. 그러나 이 모든 것이 그 집을 신비롭게 만들었다. 내 집은 가슴속 깊이 비밀을 숨기고 있었던 것이다.

"그래", 나는 어린 왕자에게 말했다. "집이건, 별이건, 사막이건 그들을 아름답게 하는 것은 눈에 보이지 않지!"

"나는 기뻐," 그가 말했다. "당신이 내 친구 여우와 의견이 같아서."

어린 왕자가 잠들었으므로, 나는 그를 내 팔에 안고 다시 길을 떠났다. 나는 감동했다. 그것은 내게 부서지기 쉬운 보물을 들고 있는 것같이 여겨졌다. 지구상에 그보다 더 부서지기 쉬운 것은 없을 것 같았다. 나는 달빛 속에서, 그의 창백한 얼굴과, 감긴 눈, 바람에 흔들리는 머리칼을 보았고, 나는 생각했다. '내가 보고 있는 이건 하나의 껍질일 거야. 가장 소중한 건 눈에 보이지 않아……'

그의 반쯤 열린 입술이 살짝 미소 지을 때까지 나는 여전히 생각했다. '이 잠든 어린 왕자가 이렇듯 강하게 나를 감동시키는 것은 한 송이 꽃에 대한 그의 변함없는 사랑 때문일 거야, 등불의 불꽃처럼 그를 빛나게 하는 것도 한 송이 장미의 형상 때문일 거야, 심지어 그가 잠들었을 때조차……' 그리고 나는 그것이 여전히 더 부서지기 쉬울 거라고 짐작했다. 등불은 잘 지켜야만 한다. 한 번의 바람에도 꺼질 테니…….

그리고, 그렇게 걷다가, 나는 새벽에 그 우물을 발견했다.

24장을 읽고 소담 씨가 메시지를 보내왔다.

「너무 아름다운데요, 대표님.」

「고마워요ㅎㅎ」

「대표님이 왜 자꾸 저보고 친구라고 하시는지 궁금했는데 이제 이해하기도 했어요.」

「그랬나요? 맞아요. 무의식 속에 그런 게 남아 있었나 봐요ㅎㅎ Mon petit bonhomme를 우리말로 어찌 해야 할지 망설였어요. 이해하시나요?」

「네, 저도 어떻게 하실지 궁금했어요. 다른 분들은 전부 그

253

냥 '얘야'라고 했더라구요.」

「바로 우리들이 계속해서 지적해온 어른의 시각으로 바라 봐서 그런 걸 거예요.」

「꼬마 친구, 너무 맘에 들어요. 어떻게 이런 생각을^^」

「감사. 근데 사실 직역하면 그렇게 돼요. 다만 고민이 필요한 것이죠. 무엇보다 앞에서부터 정확히 번역해 와야 그 직역이 가능해지는 것이기도 하구요.」

「해놓으신 걸 보니 그러네요. 직역에 가까운ㅎㅎ」

「사실 그것도 그거지만 마지막 문장 때문에 고생 많이 한 거예요.」

「그러신 거 같아요. 근데 아주 편안히 읽혀요. 사람들은 이 문장이 얼마나 어렵게 만들어졌는지 모를 테지만….」

「고마워요. 역시 소담 씨네요… 소담 씨 칭찬을 들으니 빨리 끝내야겠다는 생각이 더욱 드네요ㅎㅎ」

11.4.

혹자는 번역에 있어서의 문장구조의 일대일 대응은 불가능하다며, 번역 현장에서 그것은 탁상공론에 불가하다고까지 주장한다. 그러나 그것은 절대 그렇지 않은 것이다. 오히려 어떤 문장이 직역으로 안 되겠다고 느껴 역자 임의로 의역을 하는 순간 그건 곧 '오역'이 되는 것이다.

같은 맥락에서 작가의 서술 구조를 지켜 직역하려 애쓰지 않으면, 정말 작가가 고민해 만든 멋진 문장을 촌스럽고 유치하게 만들 수 있는 것은 너무나 당연한 것일 테다.

문학예술은 단지 스토리만을 옮긴다고 해서 원래의 감동이 전달되는 것이 결코 아니다.

11.6.

소담 씨가 제의한 〈번역자 공개 모집안〉이 회의를 거쳐 구체화 되었다.

공모 일정을 정하고 모집안을 편집장이 다음 날까지 써보기로 하였다.

퇴근 무렵 편집장이 들어와 전혀 예상치 못했던 소식을 전했다.

"소담 씨가 올해까지만 근무할 수 있을 것 같다고 합니다."

나는 처음에 잘못 들은 줄 알았다.

"네?"

"아무래도 미리 알려드려야 후임자를 뽑기라도 하실 수 있을 것 같다면서……."

놀라움은 컸다. 요즘 뭔가 서두른다는 느낌이 그래서였던가? 하는 생각도 들었다.

"이유가 뭐래요?"

"그냥 개인사정이라고……."

"개인사라고요?"

"네……."

편집장이 괜히 미안해하는 표정이었다.

"사실은 어제 처음 한 소리인데… 밖에서 좀 길게 이야기를 나누어보고 말씀드리려 했는데……."

"음……."

나도 모르게 신음이 나왔다.

"일단 알겠습니다. 한번 저녁이라도 함께하시면서 이야길 나누어보시죠… 후임을 서둘 문제는 아니구요."

"네."

편집장을 내보내고 생각이 많아졌다. 편집장이 저쯤 말할 정도면 돌이킬 수 없는 것일 테다. 올해라고 하면 앞으로 두

달도 채 남지 않은 건데… 도대체 왜, 갑자기?

11. 7.

편집장이 번역가 모집 공고 초안을 잡아왔다.

역자 모집

우리의 번역에 가장 큰 문제는 번역자에게뿐만 아니라 번역을 대하는 고급 독자들의 인식에 있는 것 같습니다.

우리는 기본적으로 의역에 익숙해 있어서 번역자 자신들조차 틀린 번역을 하고 있다는 걸 잘 알아채지 못합니다. 오랫동안 그런 번역을 대해온 독자들의 인식은 그야말로 위험 수위에 이르러 있습니다. 한 교수는, 역량 있는 소설가들이 직역에서 오는 어색한 단어, 문장 대신 자연스럽게 흐르는 듯한 '우리 말' 문장으로 완성도 높은 번역본을 완성해주길 바란다는 바람을 밝히기도 했는데, 언론은 그 말도 안 되는 논리를 무슨 정답이나 되는 양 기사화하기도 할 정도였습니다. 번역과 윤문은 완전히 다른 문제라는 기본적 인식도 안 되어 있는 것입니다.

두 가지 예를 충족시키는 예는 셀 수 없이 많습니다. 『노인과 바다』의 한 문단을 예로 들어 보겠습니다.

"It's steady," the old man told him. "It's too steady. You shouldn't be that tired after a windless night. What are birds coming to?"

이 문장을 우리나라 최고의 영문 번역가로 꼽히는 분들은 이렇게 번역하고 있습니다.

"그건 튼튼한 줄이란다." 노인은 새에게 말했다. "아주 튼튼한 줄이지. 간밤에 바람도 하나 없었는데 그렇게 지쳐서야 되겠니? 그런데 새들은 결국 어떻게 되는 걸까?" _M사, 『노인과 바다』

"줄은 든든해. 아주 단단하다고. 간밤에는 바람 한 점 없었는데 그렇게 지쳐서야 되겠니." 노인이 새에게 말했다. "새들은 앞으로 도대체 어떻게 되는 건가?" _H사, 『노인과 바다』

우선 위 한 줄만 떼어놓고 보십시오. It's steady, 이걸 두 역자 모두 '튼튼한 줄'이라는 의미로 번역했습니다. 과연 맞는 번역일까요?

아마 역자분들은 '확고한' '안정된'의 의미에서 저런 표현을 가져왔을 테지만, 여기서의 저것은 우리 모두 대부분이 알고 있는, '한결같다' '꾸준하다' '변함없다'('스테디셀러'의 그 '스테디')의 의미입니다.

노인은 지금 어딘가로부터 날아와 위태롭게 보이는 낚싯줄에 내려앉아 휴식을 취하는 작은 새의 '한결같은' 행위를 두고 소리 내어 말한 것입니다.

"It's steady, 한결같구나."

혹자는 '꼭 그렇게 볼 수 있느냐?'고 따져 물을 수도 있습니다. 번역이니까 다르게 볼 수도 있는 게 아니냐면서. 그러나 번역이니까 다르게 볼 수 있다는 말은 사실 성실하지 못한 번역가의 자기변명에 지나지 않는 것입니다. 원래부터 다양한 해석을 염두에 두고 문장을 쓰는 작가는 한 명도 없습니다. 원래 문장이 있는데 이래도 되고 저래도 된다는 말은 그래서 사실은 성립될 수 없는 말이기도 합니다.

그렇다면 저렇듯 다양한 뜻을 가질 수 있는 단어가 꼭 '저거', 라고 주장할 수 있는 근거는 무엇일까요? 사실은 그런 모든 근거들은 원래 작품 속에 깃들어 있는 것입니다. 아무리 번역이라고 해도 하나의 의미로 좁혀질 수 있는 근거는 바로 작품 속에 나와 있다는 이야기입니다.

무슨 소리인가 하면, 여기서 steady 하나만 두고 보아도 실상은 이 작품 속에서 아주 여러 번 언급되고 있습니다.

the steady movement of the water (물의 한결같은 움직임)

the steady hard pull of the line (한결같은 낚싯줄의 강한 당김)

the steady good weather (한결같이 좋은 날씨)

with a steady pressure (한결같은 압력으로)

'한 작가'가 '한 작품'에 쓰는 '한 단어'는 가능한 동일한 의미로 번역해주는 게 좋습니다. 왜 그래야만 하는지를 다시 여기서 설명할 필요는 없을 터입니다.

그렇다면 왜 저 유명 역자들은 전부 저 단순한 해석을 버려두고 저렇게 어렵게 의역을 해야만 했을까요?

그것은 저 문맥이 나오기 전후 맥락을 제대로 이해하지 못했

260

기 때문입니다. 다시 말해 저것은 이미 앞에서부터 오역을 하고 있었다는 방증에 다름 아닌 것입니다.

우선 역자들은 노인이 새를 대하는 자세를 이해하지 못하고 있었던 것입니다. 그 증거는 멀리 갈 필요도 없이 바로 이어지는 문장, You shouldn't be that tired after a windless night.의 번역에서도 드러나고 있습니다. 저 문맥의 뉘앙스는 '지난밤에는 바다에 바람이 없어서 그렇게 피곤했을 리 없을 텐데, 저렇게 힘들어하는 걸 보니 지금 막 뭍에서 먹이를 찾아 날아온 모양이구나' 하는 노인의 안쓰러워하는 마음이 담겨 있는 것입니다. 그런데 역자들은 오히려 정반대로 저것을 '그렇게 힘들어하다니 그래서야 되겠느냐'고 꾸짖듯 하고 있습니다. 그러다 보니 다음 문장 What are birds coming to?도 직역할 수 없게 되어버린 것입니다.

보다시피 저것은 birds를 주어로 하는 의문문입니다. 평서문으로 고쳐보면, Birds are coming to what. 따라서 직역하면 "새들은 무엇 때문에 오는 것일까?"라는 뜻입니다. 노인은 지금 저 '새들이 어떻게 될까?'를 궁금해하는 것이 아니라, '왜 저렇게 힘들게 여기까지 날아오는 것일까?'를 궁금해하는 것

261

입니다. 저 의미를 충족시켜주기 위해 작가는 다시 이어서 이런 말을 넣어둔 것이지요.

The hawks, he thought, that come out to sea to meet them.

(매들이 저들을 잡기 위해 바다로 나오는데.)

이렇듯 전체를 이해하려 고민하고 제대로 번역하려고 애쓴다면 그닥 어려울 게 없는 문장을 '의역'이라는 이름으로 왜곡시키고 있는 게 우리 번역의 현실이고, 또 그것을 옹호하고 있는 게 평론가이며 언론이기도 한 것입니다.

기실 이러한 문제는 출판편집자로서 현장에서 매일 느끼고 있는 문제입니다. 여러 진지한 번역가님들 또한 함께 느끼고 계실 것입니다.

냉정히 살피면 우리의 고전 소설 번역은 이처럼 아주 조금씩 원래 의미와는 다르게 번역되어 있는 것이 많습니다.

이러한 문제의식을 느끼고, 수비니겨 출판사와 함께 세계의 명작들(영미권을 포함한 독어, 불어, 러시아어, 일어 작품 등)을 바르고 새롭게 번역해보고 싶은 번역가님들을 찾고 있습니다.

다소 길었지만, 그냥 가도 될 듯했다. 이 자체로도 의미가 컸다. 그런데 처음 제안을 했던 소담 씨가 의견을 냈다.

"저는 이것이 현상공모전 형식이 되었으면 좋겠습니다. 상금의 액수를 떠나 그래야 사람들의 관심을 끌 수 있을 테고, 또, 한번 응모라도 해보아야겠다는 마음이 생길 것 같습니다. 그냥 이건 제 경험입니다."

듣고 보니 일리 있는 이야기였다. 회의는 다시 일정한 상금을 걸고 벌이는 현상공모전으로 바뀌었다. 현상공모를 하려면 그에 따른 문제가 필요할 터였기에 무엇이 적당할지를 찾아보기로 하고 회의를 끝냈다.

11.10.

XXV

"사람들은, 고속열차에 서둘러 오르지만, 자신들이 무얼 찾고 있는 건지 더 이상 알지 못해." 어린 왕자가 말했다. "그래서 그들은 불안해하고 돌면서 왔다 갔다 하는 거야……."
그리고 그는 덧붙였다.
"그렇게 애쓸 필요 없는데……."

우리가 다다랐던 우물은 사하라사막의 우물처럼 보이지 않았다. 사하라사막의 우물들은 모래에 파인 단순한 구덩이였다. 이것은 한 마을의 우물처럼 보였다. 하지만 거기에 마을은 없었으므로, 나는 꿈을 꾸고 있는 게 아닌가 생각했다.

"이상하네…" 어린 왕자에게 내가 말했다. "모든 게 준비되어 있어. 도르래, 두레박, 그리고 밧줄까지……."

그는 웃었고, 밧줄을 만져 보고는, 도르래를 작동시켰다. 그러자 도르래가 오래도록 바람이 잠들어 있던 낡은 풍향계의 신음소리 같은 소리를 냈다.

"들어 봐," 어린 왕자가 말했다. "우리가 이 우물을 깨웠고 그가 노래를 해……."

나는 그가 힘들이는 걸 원치 않았다.

"그걸 내게 줘…" 그에게 내가 말했다. "그건 네게 너무 무거워."

천천히 나는 두레박을 우물 위까지 끌어 올렸다. 나는 능란하게 균형을 유지했다. 귓속에서 도르래의 노랫소리가 지속되었고, 여전히 출렁이고 있는 물 위로, 나는 태양이 떨리는 것을 보았다.

"목이 말라…" 어린 왕사가 말했다. "마시게 해줘……."

264

그리하여 나는 그가 찾고자 했던 것을 이해했던 셈이다!

나는 그의 입술까지 두레박을 들어올렸다. 그는 눈을 감은 채 마셨다. 그것은 하나의 축제처럼 감미로웠다. 그 물은 다른 어떤 음식보다 맛난 것이었다. 그것은 별 밑을 걸어와서, 내 팔의 수고로, 도르래를 노래하게 하여 생겨난 것이었다. 그것은 가슴에도 선물처럼 좋은 것이었다. 내가 작은 소년이었을 때, 크리스마스트리의 화려한 조명과 자정 미사의 음악, 내가 받은 빛나던 크리스마스 선물 전부가 웃음을 불러일으켰다.

"당신 별의 사람들은," 어린 왕자가 말했다. "한 정원에 오천 송이 장미를 키우면서도… 자기들이 찾고 있는 것을 발견하지 못해…….."

"그들은 발견하지 못하지." 나는 대답했다.

"아무리 그렇더라도 자신들이 찾고 있는 것을 장미 한 송이나 약간의 물에서도 발견할 수 있을 텐데…….."

"물론이야." 내가 대답했다.

그리고 어린 왕자가 덧붙였다.

"하지만 눈으로는 보이지 않아. 마음으로 찾아야만 해."

나는 물을 마셨다. 숨쉬기가 편해졌다. 새벽이면, 사막은 벌꿀 색이 된다. 나는 단지 이 벌꿀 색만으로도 행복했다. 나는 왜 괴로워했던 걸까…….

"당신은 약속을 지켜야만 해." 어린 왕자가 내 옆에 앉으며, 내게 재차 부드럽게 말했다.

"무슨 약속?"

"있잖아… 내 양을 위한 부리망… 나는 그 꽃을 책임져야 하거든!"

나는 호주머니에서 대강 그린 내 그림들을 꺼냈다.

어린 왕자는 그것을 흘끔 보고는 웃으면서 말했다.

"당신 바오바브나무는, 양배추를 조금 닮았네……."

"아!"

나는 그 바오바브나무를 무척 자랑스러워했건만!

"당신 여우는… 귀들이… 뿔처럼 보여… 그리고 너무 길어!"

그는 여전히 웃었다.

"정당하지 않아, 작은 친구. 나는 보아뱀의 안쪽과 바깥쪽 말고는 어떤 것도 그릴 줄 모른다고 했을 텐데."

"아, 괜찮아." 그가 말했다. "아이들은 알아보거든."

나는 그래서 부리망 하나를 그렸다. 그리고 나는 그에게 그것을 주면서 가슴이 죄어 왔다.

"너는 내가 모르는 계획을 가지고 있구나……."

하지만 그는 내게 대답하지 않았다. 그는 내게 말했다.

"있잖아, 내가 지구로 떨어진 게… 내일이면 일 년째 야……."

그러고 나서, 잠시 침묵한 후에 다시 말했다.

"나는 거의 이 근방에 떨어졌었어……."

267

그리고 그는 얼굴을 붉혔다.

그리고 재차, 왜 그런지 이해할 수는 없었지만, 나는 이상한 슬픔을 느꼈다. 그렇지만 하나의 의문이 생겼다.

"그때 그건 우연히 아니었구나, 한 주 전 그날 아침 내가 너를 발견한 건, 너는 그처럼 여느 거주지로부터 천 마일이나 떨어진 그곳을, 단지 혼자, 걷고 있던 거였어! 너는 네가 떨어진 그 지점으로 돌아가려던 거였니?"

어린 왕자는 다시 얼굴을 붉혔다.

그리고 나는 주저하며 덧붙였다.

"왜냐하면, 아마, 그건 일 년째가 되기 때문일 테고?"

어린 왕자는 새롭게 얼굴을 붉혔다. 그는 결코 물음에 답하지는 않았다, 하지만, 얼굴을 붉힌다는 것은 '그렇다'는 뜻이 아닌가?

"아!" 그에게 내가 말했다. "나는 두렵구나⋯⋯."

하지만 그는 대답했다.

"당신은 이제 일해야 하잖아. 당신의 기계로 돌아가야만 해. 나는 여기서 당신을 기다리고 있을게. 내일 저녁에 돌아와⋯⋯."

하지만 나는 마음이 놓이지 않았다. 나는 여우를 떠올렸다.

우리가 우리 스스로 길들여지기 위해서라면 얼마간 울어야 할 위험을 무릅써야 하는 것일지도 모르겠다…….

25장을 검토한 소담 씨가 네이트온 메시지를 해왔다.

「잘 봤습니다. 그런데 대표님, "천천히 나는 두레박을 우물 위까지 끌어 올렸다. 나는 능란하게 균형을 유지했다. 귓속에서 도르래의 노랫소리가 지속되었고, 여전히 출렁이고 있는 물 위로, 나는 태양이 떨리는 것을 보았다."로 하신 문맥 맞는 건가요?」

「이상한가요?」

「우선 margelle이 우물 자체는 아니니까요. 뒤의 무엇의 균형을 유지했다는 것인지도 좀 불분명한 것 같습니다.」

「그런가요? 소담 씨 같으면 어찌 할 것 같은가요?」

「다른 역자분들 하신 게 틀린 것 같지 않습니다.」

「어찌 되어 있나요?」

「천천히 나는 두레박을 우물의 둘레돌까지 들어 올려 넘어지지 않게 올려놓았다. 나의 귓속에서는 도르래의 노래가 계속 울렸고 여전히 출렁거리는 물속에서 해가 출렁거리는 것을 나는 보았다.

이런 식으로 되어 있습니다. 모든 분들이. 영역자인 캐서린 우즈도 비슷합니다.」

「영역자도요? 어찌 되어 있죠?」

「I hoisted the bucket slowly to the edge of the well and set it there—happy, tired as I was, over my achievement. The song of the pulley was still in my ears, and I could see the sunlight shimmer in the still trembling water. 캐서린 우즈 역은 그렇습니다.」

「음, 그러네요. 내가 한번 다시 볼게요.」

「넵.」

나는 소담 씨가 지적한 문장을 다시 보았다.

내가 보기엔 역시 내 번역이 문제가 없었다. 그런데 왜 다른 모든 이들의 눈엔 다르게 보이는 것일까? 지금까지 누누이 직역의 중요성을 강조하며 함께 작업을 해온 소담 씨에게조차… 나는 그 차이가 뭘까 일일이 대조해보았다. 그리고 나름 이해했다. 역시 직역의 문제였다. 이들은 저 두레박의 성질을 이해하지 못하고 있었던 것이다. 그걸 모른 채 번역을 하려다 보니 직역으로는 문장의 의미가 통하지 않았을 테고, 그래서 자기식으로 의미를 상상해 문장을 짜 맞춘 것일 테다. 그렇다는 것은 작가가 쓴 문장의 서술 구조와 번역가의 번역문을 단순 비교해봐도 금방 알 수 있다. 생텍쥐페리가 쓴 문장은 세 개의 마침표와 하나의 접속사, 그리고 두 개의 쉼표로 구성된 문장이다. 그런데 역자들은 중간의 저 독립된 한 문맥, Je l'y installai bien d'aplomb를 임의로 해체시키거나 아예 없애버렸다. 바로 저 문맥이 의미하는 바를 몰랐기 때문일 테다. 즉 사막에서의 두레박질을 해본 적이 없었기 때문으로 여겨졌다.

나는 소담 씨가 이해하기 좋게 문장을 약간 변형했다. 의미는 그대로였다. 다만 margelle를 불한사전에 나와 있는 '테두리 돌'로 바꾸고 문장의 품사를 좀더 직역에 맞게 다듬은 것이다.

"천천히 나는 두레박을 테두리 돌 위로 끌어 올렸다. 나는 균형을 잘 유지했다. 귓속에서 도르래의 노랫소리가 지속되었고, 아직도 흔들리는 물 위로, 나는 태양이 흔들리는 것을 보았다."

나는 그것을 소담 씨에게 네이트온으로 보내고 덧붙였다.

「다시 봐도 내 번역이 맞는 것 같아요. 다만, 위 문장으로 수정할게요. 좀더 직역한 거라고 보시면 될 것 같아요.」

「알겠습니다. 하지만…」

「소담 씨가 무슨 말 하려는지 알 것 같아요. 캐서린 우즈나

271

다른 역자분들이 저렇게 번역한 이유도요. 일단 우리말 번역은 문장을 아예 빼버렸으니 잘못된 번역인 게 확실한 거구요. 영어 문맥도 캐서린 우즈는 Je l'y installai bien d'aplomb. 문맥에서 installai를 set으로 받으면서 저 문장을 앞 문장에 가져다 붙였지만 사실은 보다시피 저건 독립된 한 문장이에요. 의미도 '내려놓았다'가 아니라 균형을 잘 유지했다는 뜻이에요. 무슨 소리인가 하면 지금 물이 담긴 두레박이 아직까지 우물 테두리 돌 위에 올려진 게 아니라는 이야기예요. 도르래에 의해 끌어 올려지는 과정인 거죠. 그래서 다음 문장이 (끌어 올려지면서) 여전히 물이 출렁인다는 뜻이에요. 사실 저 두레박질은 해보지 않은 사람은 잘 하지 못해요. 제대로 균형을 잡아주지 않으면 중간에 쏟아져버리거든요. 작가는 지금 그걸 이야기하고 있는 거예요. '나는 (물을 길어 올리면서) 두레박의 균형을 잘 유지했다(Je l'y installai bien d'aplomb.)'라고 말이에요.」

「아!… 그렇군요. 이제 이해했어요. 정말 직역이 중요한 것이네요.」

「그래요. 이해했다니 고마워요. 나도 소담 씨에게 고마운 게, 이로써 항상 내가 지니고 있던 모호한 의문 하나를 푼 셈이네요.」

「ㅎㅎ 그게 뭔가요?」

「단순한 건데… 영어도 번역이다, 라는 거. 불어를 영어로 옮기는 것은 불어를 우리말로 옮기는 것보다 어렵다는 것. 따라서 의도치 않게 오역이 많을 수밖에 없다는 것이라고 정리해둘까요?」

「아…」

「또, 어쩌면 우리의 불어 번역이 영어나 일본어 등에 많이 빚지고 있을지도 모른다는…」

「ㅎㅎ 그건 좀 위험한 발언이시네요.」

「그렇죠?ㅎㅎ 그냥 우리 둘만 아는 비밀로…」

「ㅎㅎ 네.」

「그런데…」

나는 그렇게 쓰고 망설였다. 그러자 소담 씨가 다시 물어왔다.

「네, 대표님?」

「아, 아니에요. 오늘도 수고하셨습니다. 주말 잘 보내세요^^」

「네, 대표님도요^^」

나는 그녀에게 왜 회사를 그만두려 하느냐고 아직 묻지 못하고 있었던 것이다. 내가 모르고 있는 상황에서 그녀가 마음을 바꾸어주길 바라는 마음에서였을지도 모른다.

어쨌든 번역을 서둘러야 했다. 이제 26, 27 두 장이 남아 있었지만, 그거로 끝이 아닐 터였다. 처음부터 다시 한번 꼼꼼히 살펴봐야 하는 일이 남은 것이다.

11.13.

소담 씨가 회사를 그만두려는 이유가 프랑스로 유학을 가려는 것 때문이라고 편집장이 전해주었다.

유학이라고?

11.15.

나는 역자 공모전에 낼 문제로 카뮈 『페스트』의 첫 문맥을 골랐다. 영어 소설 문장 중에 선택할까 했지만 그러기엔 시간이 부족했다. 실상 전체를 완전히 파악하지 못하고 어느 문맥의 어느 단어를 어떤 의미라고 확정하기는 위험한 일이었기 때문이다. 그런 점에서 『페스트』도 위험 요소는 있었지만 그런대로 원문을 길게 살펴볼 기회가 있었기 때문이다.

『이방인』으로 곤욕을 치르고 있던 당시 내 주장이 결코 틀리지 않다는 것을 세상에 증명하기 위해서는 카뮈의 다른 작품을 번역해 출간하는 것이 가장 좋은 방법이라고 생각되어 번역에 매달렸던 적이 있었던 것이다.

La cité elle-même, on doit l'avouer, est laide. D'aspect tranquille, il faut quelque temps pour apercevoir ce qui la rend différente de tant d'autres villes commerçantes, sous toutes les latitudes. Comment faire imaginer, par exemple, une ville sans pigeons, sans arbres et sans jardins, où l'on ne rencontre ni battements d'ailes ni froissements de feuilles, un lieu neutre pour tout dire?

문제를 뽑아주자, 소담 씨가 말했다.

"이 정도로 비교가 될까요? 그래도 시험인데 상대적인 차이를 가늠할 수 있을까 해서요."

"하하, 그럼 소담 씨는 쉬울 것 같으세요?"

"그런가요?"

"무시해서가 아니라, 우리나라 최고의 카뮈 박사라는 이의 번역도 오역이더군요. 이상해서 다른 사람들도 찾아보니 역시 잘못되어 있었어요. 바로 그 카뮈 박사라는 분의 번역과 비슷하게. 번역 테스트는 길이가 중요한 게 아니라고 생각해요. 한 문맥만으로도 그분이 문장을 다루는 솜씨며 감성을 읽을 수 있으니까요. 우선 이걸 제대로 번역할 수 있는 분이 있다면 많으면 많을수록 좋겠죠?"

"네⋯⋯."

"의심스러우신 모양이네요. 그럼 소담 씨도 익명으로 참가해보시죠. 어차피 해답을 찾자는 문제는 아니니까요. 물론 다른 분들 번역서를 참고해도 무방합니다."

"좋습니다. 저도 참가하겠습니다."

"네, 기대할게요. 제출 시에는 반드시 가명을 쓰셔야 합니다."

"넵!"

"참, 프랑스로 유학을 가신다구요?"

"아, 네⋯⋯."

편집장이 소담 씨가 회사를 그만두려는 이유를 알았다며 알려온 이후, 나는 고민했고 마음을 정리했던 것이다. 내가 불쑥 묻자 소담 씨가 살짝 얼굴을 붉혔다.

"다른 이유라면 무조건 잡으려 했는데… 공부를 하러 가신다니, 그건 막을 길이 없네요."

"죄송합니다."

"아, 아니에요. 네버. 회사 나오면서 준비 철저히 하시고, 떠나는 날까지 이 문제에 대해서는 다시 언급하지 않을게요. 그 대신 공부 마치고 돌아와서 다시 출판을 하실 생각이시면 꼭 우리 출판사로 돌아오시구요. 그럴 리는 만무하겠지만 말이에요."

"네, 대표님도 나중에 다른 말 하시면 안 됩니다."

"하하."

그러곤 소담 씨가 또 재미있는 의견을 냈다.

"대표님, 이참에 공모전 수상자 중에 원하는 분이 있다면 제 대신 일을 하게 하면 어떨까요?"

"……?"

"제가 입사 전에 보니까, 그런 기회가 있다면 얼마나 좋을까 생각해본 적이 있었거든요. 주제넘었다면 죄송합니다."

"아, 아니에요. 흥미로운 발상이네요. 생각해봅시다, 하하. 그런데 떠나시려니 미안해서 그런 건 아니구요?"

"앗, 전혀 아니라고는 말 못하겠구요."

"오케이."

11.19.

번역을 하다 이해가 안 되는 문장을 만나면 어찌 해결하느냐는 질문을 가끔 받는다. 주변에 외국어를 잘하는 사람에게, 혹은 원어민에게 물을 거라고 생각하는 사람도 있었다. 그러나 보통의 역자들은 절대로 그러지 않는다.

실상 역자 본인이 어렵다면 그건 다른 이 역시 매한가지라는 것을 알고 있기 때문일 테다. 수많은 시간을 혼자 고뇌하며 번역해오다 어느 순간 어려운 문맥과 맞닥쳤다고 해서, 그걸 일부만 떼어서 누군가에게 묻는다는 것인데 그에 대해 답해줄 수 있는 사람은 사실 세상에 아무도 없는 것이다.

질문을 받은 상대는 작가나 신이 아닌 이상 상식선에서 답할 수밖에 없고, 오히려 그것은 문제를 해결하는 데 방해가 될 공산이 크다. 아주 특별한 경우가 아니라면, 상대가 누구이건 그에게조차 그 문장은 사전이나 문법책으로도 찾아볼 수 없을 만큼 까다로운 것이기 때문일 테니 말이다.

원어민에게 물어본다는 깃도 터무니없는 일이다. 어떤 문장에 대해 '해석'해주는 원어민의 우리말 능력이 결코 역자보다 뛰어날 수는 없기 때문이다. 번역은 외국어의 말하기 능력과 무관한 이유도 바로 거기에 있다.

그런 점에서, 문장 문장이 은유와 상징으로 이루어진 문학 작품을 여러 사람이 나누어 번역한 뒤 뛰어난 한 사람이 취합해 문장을 다듬는다거나, 아예 한 개인이 아닌 뛰어난 여럿이 토론을 하고 합의하에 번역을 한다는 것은 듣기에 따라서는 그럴듯하지만, 말도 안 되는 것으로, 애초에 바른 번역을 포기하고 하는 작업인 것이다.

다시 그런 점에서, 번역은 오롯이 '혼자만의 전쟁'인 것이다.

그 혼자만의 전쟁에서 역자는 간혹, 도저히 이해할 수 없으면 적당히 마무리하고 넘어가는데 그렇게 지나면 원문을 모르는 독자는 거기서 어떤 문맥이 생략되었는지 절대 알 수 없거니와, 원문을 해독할 수준의 독자라 해도, 역자도 적당히 포기했던 문맥이기에 그걸 발견하기는 쉽지 않은 것이다.

따라서 바른 번역은 절대로 남의 것을 보고 흉내 낼 수도 없다. 아예 문장이 틀리기 때문에 어느 한 부분을 떼어다 쓰면 표절인 게 그대로 드러나기 때문이다.

XXVI

거기, 우물 옆에는, 오래된 돌담의 잔해 하나가 있었다. 다음 날 저녁, 내 작업으로부터 돌아왔을 때, 나는 조금 떨어진 곳에서 어린 왕자가 거기에 다리를 늘어뜨리고 앉아 있는 것을 보았다. 그리고 그가 하는 말을 들었다.

"너는 기억나지 않는 거야?" 그가 말했다. "여기서 전부 이루어졌던 일이 아니야!"

어떤 다른 목소리가 그에게 틀림없이, 반박하며 대답했다.

"맞아! 맞다구! 그날은 맞지만, 위치는 여기가 아니었어……."

나는 담을 향해 계속해서 걸었다. 여전히 나는 아무것도 보거나 듣지 못했다. 그렇지만 어린 왕자가 새롭게 반박했다.

"…물론이야. 너는 모래에서 내 발자국이 시작된 곳을 볼 수 있을 거야. 너는 그곳에서 날 기다리고 있지 않으면 안 돼. 나는 오늘 밤 거기로 갈 거니까……."

나는 그 담으로부터 20미터쯤 떨어져 있었고 여전히 아무것도 볼 수 없었다.

어린 왕자가 침묵 후에 다시 말했다.

"너는 좋은 독을 가지고 있지? 오랫동안 날 괴롭게 하지 않을 걸 확신하지?"

나는 가슴이 죄어 와서 멈추었지만, 여전히 이해하지 못했다.

"이제 가 봐," 그가 말했다… "나는 다시 내려가고 싶어!"

그때 나는 담 밑을 내려다보게 되었고, 깜짝 놀라 펄쩍 뛰고 말았다! 거기에는, 30초면 누군가를 죽일 수 있는 노란 뱀 한 마리가, 어린 왕자를 향해 몸을 곤추세우고 있었던 것이다. 호주머니 속 내 권총을 찾으면서, 나는 내달렸다. 하지만 내가 낸 소음에, 뱀은 사라지는 배수관의 물처럼, 그리고, 크게 서두름 없이, 가벼운 쇳소리를 내면서 돌 틈 사이로 슬그머니 사라져 버렸다.

나는 눈처럼 창백해진, 내 작은 왕자를 팔로 안을 수 있을 시간에 맞춰 담에 다다를 수 있었다.

"도대체 그 이야기는 뭐였니! 네가 지금 뱀과 함께 한 얘기 말이야!"

나는 영원할 것 같은 그의 금색 머플러를 풀어 헤쳤다. 나는 그의 관자놀이를 적시고, 물을 먹였다. 이제 나는 감히 더 이상 물을 수 없었다. 그는 나를 엄숙하게 바라보았고 팔로 내 목을 둘렀다. 나는 총에 맞아, 죽어 가는 새의 그것처럼 뛰는 그의 가슴을 느꼈다, 그는 내게 말했다.

"나는 당신이 엔진 결함을 찾아내서 기뻐. 당신도 집으로 돌아갈 테지……."

"어떻게 알았지!"

나는 그에게 예상과 달리, 내 일을 성공했다고 막 알려 줄 참이었는데!

그는 내 물음에는 답하지 않았지만, 덧붙여 말했다.

"나 역시, 오늘, 집으로 돌아가······."

그러고는 쓸쓸하게,

"그건 훨씬 더 멀고··· 훨씬 어려워······."

나는 무언가 놀라운 일이 일어나고 있다는 걸 느꼈다. 나는 그를 어린아이처럼 두 팔로 꼭 끌어안았지만, 그는 내가 잡을 수 없는 구렁텅이로 수직으로 가라앉고 있는 것처럼 여겨졌다······.

그의 진지한 눈길은 아득히 먼 곳을 헤매고 있었다.

"나는 당신의 양을 가지고 있어. 그리고 양을 위한 상자도 가지고 있어. 그리고 부리망도······."

그리고 그는 쓸쓸하게 웃었다.

나는 오랫동안 기다렸다. 그가 서서히 온기를 되찾는 걸 나는 느꼈다.

"꼬마 친구, 너는 두려웠었구나······."

그는 물론 두려웠을 테다! 그러나 그는 부드럽게 웃었다.

"나는 오늘 밤에 훨씬 더 두려울 거야······."

나는 다시 돌이킬 수 없다는 느낌에 얼어붙는 듯했다. 그리고 나는 더 이상 그 웃음소리를 들을 수 없다는 생각에 견딜 수 없으리라는 것을 깨달았다. 그것은 내게 있어 사막에 있는 하나의 샘 같은 것이었다.

"꼬마 친구, 나는 여전히 네 웃음소리가 듣고 싶어……."

하지만 그는 내게 말했다.

"오늘 밤, 일 년째가 돼. 내 별이 작년에 내가 떨어졌던 곳 바로 위에서 비추고 있을 거야……."

"꼬마 친구, 만날 약속과 별에 관한 그 뱀의 이야기는 단지 나쁜 꿈이 아니었을까……."

그러나 그는 내 물음에 대답하지 않았다. 그는 내게 말했다.

"중요한 건, 보이지 않아……."

"물론이야……."

"그 꽃처럼 말이야. 만약 당신이 어떤 별에서 찾아낸 꽃 한 송이를 좋아하게 되면, 밤에, 하늘을 바라보는 것이 달콤할 거야. 모든 별에 꽃이 피어 있는 것 같을 테니까."

"물론이지……."

"그 물처럼 말이야. 당신이 내게 마시게 해준 물은 음악 같았어, 그 도르래와 밧줄 때문이지… 기억하지… 그게 얼마나 좋았는지."

"물론이야……."

"밤에 별들이 보일 거야. 내 별이 어디에 있는 건지 당신에게 보여 주기엔 너무 작아. 그와 같아서 더 좋은 거야. 내 별이, 당신을 위해 여러 별들 가운데 하나로 존재하게 되는 거니까. 그래서 모든 별들이, 그것처럼 보여서 당신은 좋아하게 될 거야… 그들 전부가 당신의 친구가 될 테니까. 그러니 내가 당신에게 선물을 준 셈이지…….”

그는 여전히 웃었다.

“아! 꼬마 친구, 나는 그 웃음소리를 듣는 게 좋아!”

“바로 그게 내 선물이 될 거야… 물처럼 말이야…….”

“그건 무슨 소리니?”

“사람들은 같은 이유로 별을 보는 게 아니야. 여행자로서 어떤 이들에겐, 별은 안내서지. 하지만 다른 어떤 이들에게는, 작은 불빛에 지나지 않아. 다른 이들, 학식이 있는 사람들에게는, 그건 풀어야 할 숙제인 거지. 내가 아는 사업가에게 그건 금덩이였어. 하지만 저 모든 별들이 내색하지 않고 있는 거야. 당신은, 누구도 갖지 못한 별들을 갖게 되는 거야…….”

“그건 무슨 소리니?”

“당신이 밤에, 하늘을 바라볼 때, 내가 그 별들 가운데 하나에 머물러 있기 때문이야, 그 가운데 하나에서 내가 웃고 있기 때문이야, 그때 당신에게는 마치 모든 별들이 웃고 있는 것 같을 테니까. 그러니까, 당신은 웃고 있다는 걸 아는 별을 갖게 되는 셈이야!"

그리고 그는 여전히 웃었다.

"그리고 당신이 위로받을 때 (누구나 항상 위로받아) 당신은 나를 알았다는 게 행복할 거야. 당신은 언제나 내 친구일 거야. 당신은 나와 함께 웃고 싶어질 테지. 그러면 당신은 때때로 당신의 창문을 열고, 즐거워하며, 그처럼 웃을 테지… 그리고 당신의 친구들은 하늘을 바라보며 웃고 있는 당신을 보면서 깜짝 놀랄 테고. 그러면 당신은 그들에게 말할 거야. '그래, 별들은 언제나 나를 웃게 만드네!' 그러면 그들은 당신이 미쳤다고 믿을 거야. 나는 당신에게 몹쓸 장난을 치게 되는 셈이네……."

그리고 그는 여전히 웃었다.

"이건 마치 당신에게 별 대신에 웃을 수 있는 작은 방울들을 준 거나 마찬가지네……."

그리고 그는 여전히 웃었다. 그러고는 다시 진지해졌다.

"오늘 밤… 있잖아… 오지 마."

"나는 너를 떠나지 않을 거야."

"나는 아파 보일 거야… 나는 거의 죽어 가는 것 같을 거야. 그럴 거야. 그것을 보러 오지 마, 그렇게 애쓸 필요 없잖아……."

"나는 너를 떠나지 않을 거야."

하지만 그는 걱정스러워했다.

"내가 당신에게 말하고자 하는 건… 역시 뱀 때문이기도 해. 그것이 당신을 물지 못하게 해야만 해… 뱀들은 심술궂어. 장난삼아 물 수도 있어……."

"나는 너를 떠나지 않을 거야."

하지만 무언가가 그를 안심시켰다.

"하긴 두 번째 물 때는 더 이상 독이 없지……."

그날 밤 나는 떠나는 그를 보지 못했다. 그는 소리 없이 달아난 것이다. 내가 그를 따라잡았을 때 그는 작정한 듯 빠른 속도로 걷고 있었다. 그는 단지 이렇게 말했다.

"아! 당신……."

그는 내 손을 잡았다. 하지만 그는 여전히 몹시 걱정했다.

"당신은 잘못한 거야. 당신은 괴로울 거야. 내가 죽고 있는 것처럼 보일 테고 그건 사실이 아니니……."

나는 침묵을 지켰다.

"이해할 거야. 거긴 너무 멀거든. 나는 이 몸을 가져갈 수 없어. 너무 무겁거든."

나는 침묵을 지켰다.

"하지만 그것은 낡아서 버려진 껍질 같은 거야. 낡은 껍질이 슬플 건 없잖아……."

나는 침묵을 지켰다.

그는 약간 의기소침해졌다. 그러나 그는 여전히 애썼다.

"이건 매력적인 일이야, 알잖아. 나 역시 별들을 볼 거야. 모든 별들이 도르래가 달린 우물이 되어 줄 거야. 모든 별들이 내가 마실 수 있게 부어 줄 거야……."

나는 침묵을 지켰다.

"너무 재미있지 않아! 당신은 오억 개의 방울을 갖게 되고, 나는 오억 개의 샘을 갖게 될 테니……."

그리고 그 역시 침묵했는데, 울고 있었기 때문이다…….

"바로 여기야. 나 혼자 가게 해줘."

그리고 그는 주저앉았다. 두려웠던 것이다.

그가 여전히 말했다.

"있잖아… 내 꽃 말이야… 나는 책임이 있어! 그리고 그녀는 너무 약해! 너무 순진해. 그녀는 네 개의 가시 말고 세상에 대항에 자신을 지켜 줄 거라고는 결코 아무것도 없는 거야……."

나는 주저앉았다. 더 이상 서 있을 수가 없었기 때문이다. 그가 말했다.

"그래, 그게 전부야……."

그는 여전히 조금 주저했고, 그러고는 일어섰다. 그는 한 걸음을 옮겼다. 나는 결코 움직일 수가 없었다.

그의 발목 가까이에서 노란빛이 반짝했을 뿐이었다. 그는 일순간 아무 움직임이 없었다. 그는 소리치지 않았다. 그는 나무가 쓰러지는 것처럼 부드럽게 쓰러졌다. 모래 때문에, 심지어 아무 소리도 나지 않았다.

26장은 길기도 했지만, 25장을 마치고 한참 만에 번역을 마쳐 넘길 수 있었다. 원고를 읽은 소담 씨가 문제없다는 사인을 보내왔다.

「이제 정말 끝내신 거나 마찬가지네요! ㅎㅎ」

「그러네요. 그러다 보니 다소 긴장도 돼요. 과연 사람들은 이 번역을 어찌 받아들일까 하고요. 만약 냉정히 본다면 어떤 지적들이 나올 수 있을까요? 소담 씨가 우리 출판사 직원이 아니라 번역가나, 평론가 혹은 기자였다면 말이에요.」

「글쎄요. 저는 문제될 게 없을 거 같은데요…」

「그래도 정말 지적을 한다면.」

「음, 역시 직역과 의역의 문젠데 번역에 정말 답이 있다는 말에 우선 반발심을 가질 수 있을 것 같습니다. 누군가는 인사말을 두고도 문화적 차이지 오역이 아니지 않냐고 할 수 있을 것 같구요. 한 단어는 같은 의미로 번역되어야 한다는 것도 누군가는 받아들이기 쉽지 않을 것 같습니다.」

「ㅎㅎ 역시 지적할 거리가 많이 있었군요.」

「아니에요. 그냥 그렇다는 거지. 대표님과 함께 작업을 하면서 저는 이해를 했거든요.」

「그런가요? 그렇게 이야기해주니 고마워요^^」

소담 씨가 지적한 부분을 두고 곰곰이 생각해보았다.

서양 언어에 대한 우리 번역의 역사는 100년이 채 되지 않는다. 실은 모두 당대에 이루어졌다고 해도 과언이 아닐 테다. 그런데 우리는 번역은 절대로 직역이 안 되며, 진짜 실력 있는 사람은 의역을 한다고 배워왔다. 그렇게 배운 사람들이 다시 다른 사람들을 가르쳐왔던 셈이다. 번역이니 답이 없다는 인식은 그래서 키워진 것일 터였다.

11.30.

XXVII

그리고 이제, 물론, 이미 6년이 흘렀지만… 나는 여전히 이 이야기를 떠벌린 적이 결코 없습니다. 나를 다시 만난 동료들은 살아 있는 나를 만난 것에 대해 무척 흡족해했습니다. 나는 슬펐지만, 그들에게 말했습니다. "그건 힘든 일이었어……."

이제 나는 얼마간 마음이 편안해졌습니다. 다시 말해… 완전히는 아니라는 이야기입니다. 하지만 나는 그가 그의 별로 돌아갔다는 걸 압니다. 왜냐하면, 해돋이에, 나는 그의 시신을 되찾을 수 없었기 때문입니다. 그렇게 무거운 육체가 아니었던 것입니다. 그리고 나는 밤에 별들의 소리를 듣는 것을 좋아합니다. 그것은 오억 개의 방울과 같으니 말입니다…….

하지만 여기서 무언가 특별한 일이 발생했답니다. 내가 어린 왕자를 위해 그려 준 부리망에, 가죽끈을 달아 주는 걸 잊었던 겁니다! 그는 결코 그 양에게 끈을 매 줄 수 없었을 것입니다. 그래서 나는 자문합니다. '그의 별에 무슨 일이 일어난 것은 아닐까? 아마 양이 꽃을 먹어 버린 건 아닐까…….'

때때로 나는 내게 말합니다. "절대 그럴 리 없어! 어린 왕자는 밤마다 그의 꽃을 그의 유리구 아래 넣어 두고. 양을 잘 지켜보니까……." 그때 나는 행복합니다. 모든 별들이 조용히 웃고 있기 때문입니다.

때때로 나는 내게 말합니다. "누구나 한두 번은 방심할 수 있고, 그것으로 충분해! 그가 어느 날 저녁, 유리구를 씌우는 걸 잊어버리거나, 아니면 그 양이 밤중에 소리 없이 밖으로 나간다면……." 그때는 모든 방울들이 눈물로 바뀌는 것입니다.

이것은 거대한 미스터리입니다. 역시 어린 왕자를 좋아하

는 여러분에게는, 나처럼, 만약 어디에선가, 누구인지 모르
는, 우리가 알지 못하는 양 한 마리가, 장미 한 송이를 먹었
는지의 여부에 따라 우주가 달라지는 것입니다.

하늘을 보세요. 여러분 자신에게 물어보세요. '양이 그 꽃
을 먹었을까, 안 먹었을까?' 여러분은 이처럼 모든 게 바뀌
는 걸 보게 될 것입니다……

그런데 그것이 그렇게 소중하다는 것을 이해하는 어른은
결코 없답니다!

마지막 장 번역 원고를 보내고 얼마 안 있어 소담 씨가 평소
보다 훨씬 빠른 시간에 네이트온을 해왔다.

「대표님, 이거 다르네요?」

「뭐가요?」

「이전에… 누가 보내준 번역하고 말이에요.」

나는 그때까지도 잘 이해하지 못했다.

「이전에 달구벌이라는 아이디로 보내왔던 메일 말이에요.」

그제서야 나는 생각났다.

「아, 그때 이 마지막 장을 보내왔었죠. 그 사람이?」

「네.」

「뭐가 다른가요? 난 기억이 없네요.」

「서술어가 다릅니다. 그때는 낮춤말이었는데, 대표님 번역은 높임말입니다. 찾아 보내드릴게요.」

잠시 후 보내온 그때 그 원고는 정말 서술어부터 달랐다.

그리고 이제, 6년이 흘렀다…. 나는 아직까지 이 이야기를 결코 해본 적이 없다. 나를 다시 만난 동료들은 내가 살아서 돌아온 것에 대해 아주 기뻐했다. 나는 슬펐지만, 그들에게 말했다. "지쳐서 그래……."

이제 나는 거의 슬픔을 가라앉혔다. 다시 말해…

그러고 보니 단어의 의미도 약간씩 달랐다. 물론 전체적으로는 같은 맥락이었지만…….

읽어보니 어느 것이 낫다고도. 과연 내 번역이 백 퍼센트 맞다고 주장할 수도 없었다. 그래서 사람들이 번역에는 답이 없다고 하는 것일 테다. 살짝 두려운 마음도 일었다.

12.1.

어김없이 새벽 5시쯤 시작한 번역을 끝냈을 때 창밖으로 부유스름한 빛이 펼쳐지고 있었다. 한 화면에 다 담기는 마지막 페이지를 띄워두고 나는 오래도록 그것을 바라보았다.

이것은, 나에게, 세상에서 가장 아름답고 가장 슬픈 풍경입니다. 이것은 앞 페이지와 같은 풍경이지만, 저는 여러분에게 더 잘 보여 주기 위해 다시 한번 그려 보았습니다. 여기가 어린 왕자가 지상에 나타났다가 사라진 곳입니다.

만약 여러분이 어느 날 아프리카 사막을 여행한다면, 그것을 확실하게 알아볼 수 있도록 이 풍경을 주의 깊게 보아 주세요. 그리고, 만약 여러분이 그곳을 지난다면, 당신께 부탁드리건대, 서두르지 말고, 그 별 밑에서 잠깐 머물러 주시길! 만약 그때 한 아이가 당신에게 다가온다면, 만약 그가 웃고 있다면, 만약 금색 머리칼을 가졌다면, 만약 물음에 대답을 하지 않는다면, 당신은 그가 누구인지 짐작할 수 있을 겁니다. 그때는 친절을 베풀어 주시길! 나를 너무 슬프게 내버려 두지 말아 주시길, 그가 돌아왔다고 내게 빨리 편지를 써 주시길……

296

12.2.

아침에 출근하자마자 네이트온으로 번역 원고를 보내자, 소담 씨가 읽어보지도 않고 바로 메시지를 보내왔다.

「아, 끝내셨군요. 축하드려요, 대표님~!」

「고마워요, 소담 씨. 그래도 마지막까지 보시길ㅎㅎ」

그리고 얼마간 시간이 지나 다시 메시지를 보내왔다.

「네, 저는 다른 의견 없습니다. '그런데 그것이 그렇게 소중하다는 것을 이해하는 어른은 결코 없답니다!'라는 마지막 문장을 높임말로 하신 것이 이제 보니 이 책의 성격을 더욱 확실하게 만드는 느낌입니다. 정말 수고하셨습니다. 대표님ㅎㅎ」

「고마워요. 소담 씨도 수고하셨어요^^」

나는 처음부터 끝까지의 원고를 한 파일로 만들어 편집장에게 넘겼다. 한번 읽어달라는 말과 함께.

「끝내셨네요?」

편집장의 말에 나는 답했다.

「이제 진짜 시작일 수도요…」

「그럴 수도 있네요^^;」

그냥 하는 소리가 아니었다. 이전 『이방인』 출간을 함께했던 편집장은 이것이 끝이 아니라 시작임을 누구보다 잘 알고 있는 것이다. 나는 나대로 전체를 새로 들여다보며 부족한 부분을 새로 번역하며, 편집 기간 내내 편집자를 괴롭힐 것이다. 무엇보다 책이 출간되면 기존 번역서와 관련된 이들의 반발이 있을 테다. 내가 봐도 같은 『어린 왕자』지만 한편으로 너무나 다른 『어린 왕자』이므로.

「소담 씨는 다음 주까지 근무인가요? 최종 원고는 전체 다시 한번 봐서 넘길게요. 담당 편집자는 그때 다른 사람 정해주시고요. 소담 씨는 편하게 보내줍시다. 후임은 이후에 생각해보고요. 정말 역자 모집을 통해 새로운 사람이 뽑힐 수 있을지도 모르고요.」

「네, 알겠습니다. 우선 읽어보겠습니다.」

편집장과 대화를 마치고 나자 비로소 어쨌든 번역을 마쳤다는 실감이 왔다.

그런데, 그러고 나자 문득 궁금해졌다. '달구벌'이라는 아이디의 그 메일 주인은 누구였던 걸까? 실은 이 멋진 작품을 번역하게 된 것은 오롯이 그분 때문이 아닌가? 소담 씨 말로는 언제부턴가 우리가 보내는 메일을 읽지 않는다고 했던가?

나는 다시 한번 그분에게 메일을 보내보라고 할 요량으로 소담 씨의 네이트온 창을 열었다.

에필로그

안녕하세요. 대표님, 저 소담입니다.

저는 이곳 파리 소르본대학에 입학해 무사히 잘 다니고 있습니다. 이곳에 오자마자 우선 은퇴한 한 초등학교 여교사에게 프랑스말 과외를 받고, 주말이면 파리 7구에 있는 한 잡화점에서 아르바이트를 하면서 (그런데 제가 이곳 잡화점을 선택한 것은 오로지 어린 왕자 때문이랍니다. 이곳에선 다양한 어린 왕자 기념품을 갖추고 팔고 있거든요. 처음 이곳 거리를 거닐다 창밖에서 어린 왕자를 보고 그냥 무작정 들어와 일을 하게 해달라고 졸라서 얻은 일자리입니다ㅎㅎ) 파리 생활을 시작했습니다.

학교 입학 절차를 밟고, 근처에 방을 구하고, 일자리를 찾고, 바쁘게 지내는 중에도 인터넷을 통해 대표님의 『어린 왕자』가 출간되었다는 소식은 확인할 수 있었습니다. 뒤늦게 축하드립니다. 아, 책 출간 이후 언론의 기사도 보았습니다. 대표님이 우려하신 대로 더군요. '안녕'을 '좋은 아침'이라 해야 하고, vous를 존대로 받아야 한다는 대표님의 주장을 두고 왜 저런 비난을 하는 것일까요? 정말 어이가 없었습니다. 제가 서울에 있었다면 그 기자를 찾아가 따져 물었을 텐데요ㅜㅜ 하지만 그깟것, 그래도 이제 독자들이 '우리'의 '어린 왕자'를 이해하고 있는 것 같아 기뻤습니다.

대표님, 사실은 고백할 게 한 가지 있습니다.

'달구벌'이라는 그 아이디의 주인은 다른 사람이 아닌 바로 저였습니다. 그런데 저는 대표님이 저를 기억하고 계시리라고 생각해서 처음에 옛날의 그 아이디로 메일을 보냈던 거예요. 저는 대구에서 고등학교를 다니면서 대표님의 『이방인』 번역서를 읽게 되었고, 정말 놀라서 메일을 보냈었거든요. 그때 저는 책을 별로 좋아하지 않는 소녀였는데 대표님 번역서를 보고 책이 좋아졌고, 불어를 공부하고 싶어졌다는 말씀도 드렸었습니다. 『어린 왕자』를 너무 좋아하는데 어딘지 어색한 게 번역 때문일 수 있겠다는 생각도 대표님이 쓰신 번역 관련 글을 보고 갖게 되었고, 『어린 왕자』를 원서로 읽어보고 싶어 대학을 불문학과로 갈까 생각도 해본다는 말도 했습니다. 그때 대표님은 제 철없는 말에 정성껏 답 메일을 주셨더랬습니다. 어린 제게 극존대로 오히려 대표님을 격려해줘서 감사하다는 말씀을 몇 번이나 하시면서요. 주고받은 메일은 그 한 번이 전부였지만, 저는 너무나 기억에 남아 대표님도 기억하고 계시리라 생각했던 것이지요. 그런데 대학을 졸업하고 대표님이 계신 출판사에 들어가서야, 그런 메일은 그저 일상적인 것일 수도 있었겠다는 걸 알게 되었습니다^^;

아무튼 저는 대학을 졸업하고 학생들을 가르치다 우연히 그곳의 모집 공고를 보게 되었고, 출판사에 입사하게 되었던 것입니다. 물론 대표님껜 과거 인연을 비밀로 했구요. 그리고 1년이 지나, 제게 여전히 남아 있던 『어린 왕자』 번역에 대한 고민을 대표님이시라면 어떻게 하실까 궁금했고, 기회를 보아 그때의 편지를 드리게 되었던 것입니다. 저는 사실 대표님이 저를 기억하시면 그 메일로 계속 글을 드릴까 했는데, 그렇지 않으셔서 중간에 그냥 그 메일은 없애버렸던 것입니다. 언짢으셨다면 용서를 구합니다.

참, 공모전을 통해 좋은 역자는 만나셨는지요? 능력 있는 편집자는요?

사실 저는 처음에 대표님이 『페스트』의 첫 단락만 가지고 공모전을 벌이는 게 이해가 되지 않았습니다. 그건 누구라도 할 수 있을 것 같았기 때문입니다. 더군다나 기존에 이미 번역서도 나와 있는 마당인데 그걸로 어찌 테스트를 하시겠다는 것인가 하구요. 그런데 정말 번역을 해보려고 문장을 들여다보니 이해하게 되었습니다.

La cité elle-même, on doit l'avouer, est laide.

카뮈 박사라는 분이 하신 『페스트』 번역서에는 이렇게 번역되어 있더군요.

"솔직히 말해서 도시 자체는 못생겼다."

저도 불어를 전공했지만 사실 저것이 틀리다고는 여겨지지 않았고, 오히려 그런 의미 말고는 다른 번역이 불가능하다고 생각했습니다. 따라서 대표님이 잘못 생각하고 계실지도 모른다는 의심도 했었구요. 그래서 저도 가명으로라도 그 공모전에 참가하려던 생각을 바꾸어 먹었는데… 아마 저것을 대표님처럼 다르게 생각해 번역한 공모자는 한 명도 없었을 테지요? 그렇지 않은가요?

그것이 바로 오랑이라는 지역의 기후를 설명하는 표현이라는 걸 이곳 파리에 와서도 한참이 지나 알게 되었습니다. 어느 정도 대화가 자연스러워졌을 때, 제 과외 선생님에게 물어보았거든요. 그러고 나서야 대표님이 왜 그런 문장을 텍스트 삼았는지 이해하게 되었고, 대표님을 의심한 게 죄송스러워졌습니다ㅜㅜㅜ 그런 뜻에서 이제 번역해 보내면 늦었겠지요?ㅎㅎ

이렇게 쓰다 보니 할 말이 참 많아지네요. 그렇지만 오늘은 여기까지만 쓰겠습니다. 저는 서울이 그리워질 때면 어린 왕자 기념품들을 바라보며 마음을 달래곤 합니다. 물론 이곳에 진열된 어린 왕자는 다양한 모습을 하고 있지만, 제게 어린 왕자는 대표님과 함께 작업했던 『어린 왕자』 한 권인 것이지요. 그 책은 여기 한 귀퉁이에 공히 진열되어 있답니다. 여러 나라에서 번역되어 있는 『어린 왕자』 책들과 말입니다.

그것이 내게 가장 소중한 것은 '거기에 들인 대표님의 (저도 쪼금^^) 시간' 때문일 테지요. 그 책을 보면 정말 어린 왕자가 자기 별에서 이제야 안심하고 웃고 있는 모습을 떠올리게 된답니다ㅎㅎ

편집장님을 비롯해 다른 분들께도 인사 전해주세요! 또 소식 전하겠습니다.

이만 총총.

_파리 7구에서 어린 왕자 소담이.

〈끝〉